となりのキミに恋したら

りぃ

20809

角川ビーンズ文庫

ピンポーン
ある日
となりの家に引っ越してきたのは
なんとイケメン兄弟！

お菓子？
げっ……マジで
兄・涼真《りょうま》
ヤバい！
運命の女の子に出会っちゃった!!
弟・隼介《しゅんすけ》

正反対の兄弟
もう関わることはないと思ってたのに――…
同じ学校!?
キャー
キャー
誰《だれ》あのイケメン二人《ふたり》!
芸能人《げいのうじん》かなー?
かっこいー!
明日サッカー部の練習試合があるんだ!
杏ちゃんに応援に来てもらいたくって!
ガタン
ゴトン…
俺の側から離れるなよ

コッン…
弁当、おいしかった
サンキュ
となりのキミと近づく距離――…

目次

INDEX

本文イラスト／立樹まや

イケメン兄弟が引っ越してきた！

その日は春らしいポカポカと暖かい気温が肌《はだ》に心地《ここち》よく、深呼吸をしたくなるくらいの気持ちのいい日。

私は家の窓を開けて外の空気を取り入れ、思い切り深呼吸をした。

城崎《しろさき》　杏《あん》。十五歳。

この春、家の近くにある私立の高校一年生になる。

身長も体重も平均であり、頭も平均なら運動神経も平均値まっしぐら。

でも、中学時代からの親友でもある安崎《あんざき》　真美《まみ》が言うには、

「みがけば光る顔をしているのにもったいない！　まさに残念女子！」

ということみたい。

真美の観察力は日々、人ごみの中からイケメンを見つけるという特技を持っているくらいだから、多分信頼《しんらい》できると思う。

そして、掃除機《そうじき》を持ってリビングを掃除しようとしていたお母さんから、いつもの言葉が聞こえてきた。

「もう杏ったら。またそんな地味な服を着てるの？」

「だって動きやすい服装が一番なんだもん」

今の私の服は長袖《ながそで》のグレー色のTシャツにデニム姿。

Tシャツのグレー色だって、休日に必ずする趣味《しゅみ》であるお菓子《かし》作りで袖が汚《よご》れてもいいようにという色だ。

でも、身に着けているエプロンは、苺柄《いちごがら》で縁《ふち》には真っ白なフリルが付いている。

これはお母さんに「せめてエプロンくらいかわいいのを着てちょうだい！」とお願いされて、去年の誕生日プレゼントに無理矢理《むりやり》わたされたものだったりする。

誕プレでもらったものを着ないわけにもいかないから、しかたなく着ているって感じ。

ただ、そろそろこのエプロンも苺色が薄《うす》れてしまうくらい汚れてきた。

お菓子作りは昔から大好きだ。

学校で嫌《いや》なことがあった時や、人間関係に悩《なや》んでいた時でもお菓子を作っている間は嫌なことを忘れられる。

でも、基本的なステータスが女っぽくないのに、お菓子作りが趣味だなんて周りには恥《は》ずかしくて言えなくて、家族と親友の真美以外には内緒《ないしょ》にしている。

「今日はなにを作ろうかなー?」

ご機嫌《きげん》になって、リビングのソファに座りながらタブレット端末《たんまつ》を触《さわ》り、レシピサイトを検《けん》索《さく》する。

「あっ、新しいレシピが更新《こうしん》されているじゃん! これにしようっと」

見つけたのは、〝サクうま! かんたんクッキーシュークリーム〟で〝かんたん〟というキーワードに惹《ひ》かれて、画面をスライドさせている指を止めた。

それにお小遣《こづか》いのほとんどをお菓子の材料や調理道具にあてているから、材料に困ることはないんだ。

「よし、これに決めた！」

テンションが高くなり、自然とにやけてくる顔のまま私はキッチンに向かう。

掃除機をかけ終えたお母さんがキッチンにやってきて、「今度はなにを作るの～？」とあきれ半分で聞いてきても、スルーしてストック棚《だな》から材料を取り出し、デジタルスケールで分量を量り始めた。

そうすると、あっという間に時間は経《た》っていく。

まず、表面になるクッキー生地《きじ》を作り、次にカスタードクリームを鍋《なべ》に火をかけながら夢中になって作っていく。

そして、最後にシュー生地をていねいに作り上げ、クッキー生地と一緒にオーブンで焼いたら、もう家じゅう甘い匂《にお》いでいっぱいになっていた。

「あらぁ、すごい匂い。お外の洗濯物《せんたくもの》まで移っちゃうわね」

そう言いながらも、お母さんはうれしそうに笑っている。

会社のゴルフの接待で今日は家にいないお父さんの分を一つ夜に残しておいて、残りの五つは私とお母さんのおやつにしよう。

一緒に飲むのはミルクティーがいいかな？

それとも、シュークリームが甘いからあっさりしたストレートティー？

そんな気分で胸の中をワクワクさせていると、インターホンが鳴った。

「お客様？　杏、出てくれない？　お母さん、洗濯物を取りこんじゃうから」

「はーい」

休日に誰《だれ》だろう？

宅配便かなにかかな？

いつものように、何気なく私は家の玄関《げんかん》の扉《とびら》を開ける。

そこには、今まで見たことがないくらいキラキラと輝《かがや》いた、今日の空の天気にも負けないくらいのさわやかな二人の男の子が立っていたんだ。

「ど、どちらさま……？」

イケメンなんて見慣れていないどころか、男子とロクにしゃべったこともない私は引きつった顔をしたまま、目の前にいる突然《とつぜん》現れたイケメン二人に声をかける。

　すると、並んでいる笑顔《えがお》が明るい方のクリクリとした大きな目を輝かせた男の子が大きな口を開け、人なつっこい笑顔を振《ふ》りまいてきた。

「兄ちゃん、やっぱりここだよ、甘い匂いの正体！　スッゲーいい匂いー」

「やめろ、恥ずかしい」

　そして「兄ちゃん」と呼ばれた人は、言葉の勢いのまま前に出てきた弟の服のえり首を右手でつかみ、動きを抑《おさ》えている。

「な、な、なに……？　あなたたち……」

　完全にドン引き状態の私に気付いたのか、弟は後頭部を左手でかき、笑ってごまかしている。

　そして「兄ちゃん」の方が、左手に持っていた洗濯洗剤《せんざい》が二箱入った紙袋《かみぶくろ》を私の前にさし出した。

「えーっと、となりに引っ越して来た相良《さがら》というもんです。どうぞよろしく。あっ、これ仕事に行ってる親父《おやじ》から。どうぞって」

そう言いながら、洗剤二箱を私に押し付けるようにわたす。

そして、その容姿にも目を見張るくらい驚《おどろ》いてしまった。

……なんてきれいな顔をしているんだろう、この人。


たいしてセットもしていなさそうな髪《かみ》なのに、サラサラの黒色の髪と切れ長の瞳《ひとみ》の色は同じ色をしていて、長いまつ毛にすうっと通った鼻筋と整い過ぎている唇《くちびる》の形と、まるで陶器《とうき》のようなきれいな肌《はだ》。


うん、真美が見たら、絶対興奮してめちゃくちゃはしゃぐような顔をしてるなって思った。

「ありがとうござい……ます」

「ねぇ、もしかしてなんか作ってんの？　キミん家《ち》の窓からね、朝からずっと甘い匂いしてたの。俺、気になっちゃって」

ニコッと笑いながら、平気で距離《きょり》をつめてくる弟。

私はいきおいよくうしろにのけ反ってしまった。

「つ、作って……たけど……。あっ、匂いおとなりまで届いてた!?」

「全然大丈夫《だいじょうぶ》！　いい匂いしてるねって言ってたんだ。それにキミ、エプロン似合うね、かわいい！」

「俺、甘い匂いきらいなんだけど」

「あー、兄ちゃんの言うことは気にしないでね」

家じゅうに充満《じゅうまん》している甘い匂いにいやそうな顔をしている兄と笑顔がたえない弟。

なに……この兄弟……

あからさまにいやな態度をしている兄とずっと笑顔の弟……この二人の性格、全く正反対だ。

そんな兄のいやがりかたにカチンと腹が立ってしまう。

「甘い匂いきらいだなんて変わってるのねー。変な人！」

「おっ、甘い匂い当たってる？　ってことはお菓子《かし》？　すげぇ！　お菓子作れるんだ」

「げっ……。　マジで」

そう言いながら口を手で押さえる仕草までする。

本当、最悪な人だ。この人。

いくらイケメンでも初対面でこの態度はありえないと思う！

「いやな匂いがする家にまでわざわざごあいさつしてくださり、どうもありがとうございました！　お母さんにも言っておきますので！　ではさようなら！」

もう話すこともなく、顔を見ないまま深く頭を下げて私は玄関の扉を閉める。

扉一枚向こうからは「あーあ、兄ちゃんはどうして女の子にはそんな態度取っちゃうのかなぁ。せっかくおとなりさんかわいい子だったのに」という弟の声が聞こえてきた。

「か、かわいい……？　む、無視、無視。もう関《かか》わることもないわよ」

顔を赤くしたまま、ふんっと鼻息をあらくして家の中へと入って行く。

あいさつの手土産《てみやげ》でもらった紙袋をリビングの床《ゆか》に置いてから、オーブンを見に行くとちょうどいい頃合《ころあ》いにシュー生地がふくらんでいた。

「やった。成功！」

長い時間をかけて出来上がったお菓子を見た瞬間《しゅんかん》、私はとっても幸せな気持ちにつつまれる。

今だってそうだ。

さっき引っ越《こ》して来た、イケメンだけど性格が最悪な兄の方にいやな気持ちにさせられたけど、今この瞬間はそんな気持ちはすっかりとぬけている。

ご機嫌《きげん》になってシュー生地《きじ》をオーブンから取り出して金網《かなあみ》の上で冷ましていると、お母さんが取り込んだ洗濯物《せんたくもの》を抱《かか》えて二階から下りてきた。

「さっきのインターホン誰だったの？　あら、この洗剤なに？」

兄の方に押し付けられた紙袋を発見したお母さんは、中に入っているのが洗濯洗剤だと知ると、瞳がうれしそうにかがやいた。

「引っ越してきた相良っていうおとなりさんから。男兄弟二人で来てたよ。お父さんは仕事だって。お母さんは……わかんないけど」

さっきのできごとをかんたんに説明した。

だってもうあんな面倒《めんどう》そうなイケメン兄弟に関わりたくないもの。

「そういえば、二階のベランダから引っ越しのトラックが見えてたわねぇ。たしかにお母さんの姿が見えなかったけれど、いらっしゃらないのかしら」

兄弟で引っ越しのあいさつに来ること自体、めずらしい。

しかも、兄は明らかに年上という雰囲気《ふんいき》だったけれど、弟にいたっては私とそんなに年齢《ねんれい》は変わらないくらいだった。

「もしかして、ワケありのお家《うち》なのかしら。だから、お母さんがいないのかもね」

私が今、頭の中で考えていたことをお母さんがズバッとストレートに口にした。

こういうところ、私とお母さんはとても似ていて親子だなぁっとよく感じる。

「杏、あなた、このシュークリーム、おとなりさんにおすそ分けしてあげなさい」

「はっ？　なんでせっかく作ったシュークリームを……！」

冷めたシュー生地に、キッチンの明かりの下でピカピカに光るカスタードクリームを絞《しぼ》り袋でたっぷりと入れていると、お母さんがとんでもないことを言い出す。

「こんなに大きいシュークリーム、二つも食べちゃったら絶対に太っちゃうわよ。それに、もしかしたらお母さんがいらっしゃるかもしれないじゃない。これからお付き合いがあるのなら、顔を合わせた方がいいわよね。お母さんもあとから行くから」

「えぇー……」

「杏、おとなりさんとのお付き合いは大切なのよ。とにかく、行ってらっしゃい。ラッピング用品もたくさんあまっているから、それを使ったらいいわ」

お母さんにそう言われて、しぶしぶシュークリームの六つあるうちの四つを一つ一つていねいに透明《とうめい》のラッピング袋《ぶくろ》につめていく。

あっ、お父さんには結局プレゼントできなかったな。

心の中で（うらむのなら今日という日にとなりに引っ越して来た相良家をうらんで）とぼやきながら、ラッピングは完成した。


「行ってきます」とお母さんに伝え、私はスニーカーをはいて家を出る。

私の住んでいる家は、静かな住宅街に佇《たたず》むふつうの一軒家《いっけんや》だ。

周りには同じような二階建ての一軒家がずらりとならんでいて、となりとのさかい目はあるにはあるけれど、窓を開けたら大きな声を出さなくてもすぐにあいさつができるくらいの距離。

ちなみに明日《あした》は私が通う高校の入学式でもある。

明日に入学式をひかえているというのに、面倒なことになったなというのが正直な感想。

ため息を一つはき、私は引っ越しのトラックがちょうどさって行ったとなりの相良家へと向かう。

「これわたしたらすぐに帰ろ……」

自分にそう言い聞かせ、そっとインターホンを鳴らす。

するとすぐに足音が鳴り、玄関《げんかん》が開いた。

「父ちゃん、お帰りー、早かったね……て、あれ？　さっきの女の子？」

私を仕事から帰ってきた父親とまちがえたのは、弟の方だった。

笑っていた顔は、すぐにキョトンとした顔になる。

「わ、私でごめんなさい……。あの、これ、作ったんだけど……。おすそ分け」

なんだか申し訳なくなってしまって、あやまりながらラッピングしたシュークリームをわたす。

ちょっとさびしそうになっていた弟の表情はシュークリームを見ると、瞳《ひとみ》の光が戻《もど》ってきたみたいに明るくなった。

「おぉ、手作りだ！　兄ちゃん、見てみろよ、手作りのお菓子もらった！　ありがとー、すげーうれしい……あっ、キミの名前は？」

ラッピング袋をしっかりとにぎりしめたまま、弟は私との距離《きより》を一気につめてくる。

その勢いに負けて、私はまだだった自己紹介《しょうかい》を他人の家の玄関で始めてしまった。

「杏……、城崎　杏です」

「杏ちゃんかー。顔もかわいかったら名前もかわいいね。俺、相良　隼介《しゅんすけ》。隼介って呼んでね。あっ、兄ちゃんの名前は涼真《りょうま》ね。よろしく！」

「近い、お前は他人との距離が近過ぎるんだって。はなれろっていつも言ってるだろ」

元気いっぱいに自己紹介をしてくれていた間、隼介の顔が近すぎていつここに来たのか全く気付かなかった。

兄の涼真が隼介のすぐうしろに立っていたんだ。


隼介の向こう側から現れた涼真は、やはりそこにいるだけで存在感がある。

弟の隼介も、クラスの中でもトップになれるくらいのイケメンだと思う。

短く刈《か》っているツーブロックの髪型《かみがた》は隼介らしいさわやかさがあって、人なつっこい笑顔《えがお》にとてもにあっている。

顔のパーツも兄のおさないバージョンって感じで、どこからどう見てもイケメンだ。

隼介も涼真も二人の持つ雰囲気は、今まで見てきた中学生の男子なんかと全然違《ちが》う。

「ほら、兄ちゃんもお礼言わないと。せっかく持って来てくれたんだから」

「はっ？　わざわざあいさつのお返し？　しかも甘いもんじゃん」

それでも、こんな言い方をされればいくらイケメンでも頭に血が上るくらいカチンとくる。

怒《おこ》った私がまた言い返そうとしたら、隼介が涼真に怒った表情を見せていた。

「まーたそんな言い方をする。いいじゃん、シュークリーム。母ちゃん大好物だったし」

「隼介、もうそれ以上しゃべんな。これどーも。ありがたくイタダキマス」

誰《だれ》が聞いてもわかるくらいの棒読みで礼を言う兄の涼真。

本当、弟とくらべると愛想がないなと思う。

「もう兄ちゃん、素直《すなお》によろこべばいいのに。あっ、俺今ここで食ってもいい？　片づけばっかしてて超《ちょう》腹へってんの！　それに杏ちゃんにすぐに食った感想を言いたい！」

「へっ？　ど、どうぞ？」

そう言うなり、隼介はシュークリームを一つ、ラッピング袋を勢いよく開けて取り出す。

涼真から「行儀《ぎょうぎ》が悪い！　せめて座って食べろ」と注意されていたけれど、聞く耳持たずだ。

そして大きな口を開けて、ガブッとほお張り、口周りにクッキー生地をつけながらモグモグと食べている。

その顔は心から喜んでいて、とてもうれしそう。

部活をしている食欲旺盛《しょくよくおうせい》の男子ってこんな感じで食べるんだろうなってかんたんに想像ができちゃうくらい。

「そんなにほお張ったらのど、つまるぞ。ったく、しょうがないヤツ。待ってろ、水持ってくる」

隼介の行動に呆気《あっけ》に取られていたけれど、兄の涼真はこんな弟を見慣れているみたいで、あきれた顔をしたまま隼介のために飲み物を取りに部屋に入って行った。

その慣れた行動に、面倒見《めんどうみ》がいいんだなぁと後ろ姿を見ながら感心していた。

「ウマッ!!」

ぼうっと涼真の後ろ姿を見ていたら、私のすぐそばで耳の鼓膜《こまく》がやぶれそうなくらいの大きな声で隼介が叫《さけ》んだ。

「杏ちゃん、これ、めっちゃウマいよ！　なにこれ、本当に杏ちゃんが作ったの!?」

「そ、そうだけど……。なに？　うたがってるの？」

やっぱりお菓子《かし》作りなんて似合わないと思われているのだろうか？　と隼介の言葉に反応してしまう。

でも隼介は首を横にブンブンと振《ふ》っていて、大きな目をさらに大きくしてかがやかせていた。

しかも、私の目を真っ直《す》ぐに見て……

「ヤバい。杏ちゃん、俺の好みドストライクだ」

「……はっ？」

それは低い声が出た。

十五歳らしくない、低い声。

そんな反応をしても隼介は気にもとめず、次の一口でシュークリームを全部食べ切ると、その早食いにキョトンとしていた私の両手を取り、お互《たが》いの胸の前まで勢いよく上げる。

そして熱い瞳を私に向けたまま、ジッと私を見つめる。

「ちょ、な、なに？」

「俺、好きになっちゃったかも……」

「はっ？　あっ、シュークリーム？　あんまり好きじゃなかったの？」

「違う、違う！　杏ちゃんのこと！　こんなにかわいい子で料理上手だなんて本っ当ーに俺好み！　ヤバい、運命の女の子に出会っちゃった!!」

「はぁっ!?」

「げっ……」

驚《おど》く私の前にいる隼介の向こう側には、お水をコップに入れ、苦い顔をして立っている涼真がいる。

顔を真っ赤にして汗《あせ》を流している私とは反対に、涼真はウンザリした表情で隼介の頭をパチンと一回叩《たた》いた。

「アホか、お前は。初対面の女に何言ってんだ。そのほれっぽい性格、どうにかしろ」

「兄ちゃん、いてぇ！　それに俺はほれっぽくないから。いつだってマジだし！」

「うそつけ。その言葉、幼稚園《ようちえん》の時から俺は何度も聞いてるから」

「兄ちゃん、杏ちゃんの前で変なこと言うなよー！」

兄弟二人のやり取りに、ポカンと口が開いておいてけぼりの私。

でも、会話を聞くかぎり、どうやら隼介はほれっぽい性格らしい……

ということは、これも女の子に対するあいさつみたいなものなのかもしれない。

そう考えると落ち着いた気持ちになり、いつもの私が戻ってきた。

そしてコップに入った水を涼真に無理矢理《むりやり》飲まされている隼介を見て、苦笑いを浮《う》かべる。

「……私、帰るわ」

「えぇ、杏ちゃん！　もうちょっと一緒《いっしょ》にしゃべろうよー！」

「お前は片づけだろ。ちょっと、アンタ待って」

〝アンタ〟と言われ、待ってと言われたから待ってみる。

すると、初めて隼介より前に出てきた涼真が、腕《うで》を伸《の》ばして私の前髪をさわり始めた。

「きゃあ！　なにすんのよ……！」

「動くな。ずっと気になってたんだよ、ここに白い粉が付いてるの。ほら、取れた」

右手の人差し指と親指をこすり合わせながら見せてくれたのは、シュークリームを作った時についたと思われる、薄力粉《はくりきこ》だった。

私は自分の雑さに恥ずかしくなり、両手で頭をかくす。

「なに？　頭ポンポンでもされるかと思った？　あいにく、俺は隼介みたいにほれっぽくないから」

別に期待したわけじゃないけれど、今の流れじゃそういう考えになるのはしょうがないと思う。

図星だった私は顔に熱が集まり、つい大きな声で言いかえしてしまった。

「そ、そこまで言わなくてもよくない⁉　隼介、あんたのお兄さん性格悪すぎ！」

「おっ、杏ちゃん俺の名前、覚えてくれた？　うれしー」

「どこまで能天気なんだ、お前は。今、兄ちゃんの悪口を言われたんだぞ」

「悪口を言い出したのはあなたの方でしょ！」

「あははっ！　兄ちゃんとこんなに言い合える女の子、初めてじゃん。いつも頰《ほお》を赤らめてもじもじしてる子ばっかりなのに」

「顔がいい人は得ねー。口が悪くても、許してもらえるんだから」

「それはアンタもだろ。もーいいから帰って。はい、さようなら」

「アンタもだろ」と言われ、「はっ？」とまぬけな返事をした私に見くだすような視線を送る涼真は、そう言うとさっさとリビングに行ってしまった。

まさか嫌味《いやみ》で言った言葉が私にも返ってくるなんて……。

驚いて返事ができなかったけれど、あんな態度はやっぱりないと思う。

「……お邪魔《じゃま》しました！」

おすそ分けに来ただけで、モヤモヤした気分を持って帰ることになるとは思わなかった。

そして私は相良家を出て、となりにある自分の家へと向かう。

自分の家を出た時はまだ夕日はなかったのに、いつのまにか薄《う》っすらとあわいだいだい色をした夕日が顔を出していた。

「あっというまに時間が過ぎたな……」

と、ひとり言をつぶやく。

普段《ふだん》ロクに男子としゃべれない自分が、あの兄弟とこれだけ長い時間しゃべれていたことが、とても不思議に思えた。

「たしかに……まぁ、しゃべりやすいよね。あの二人」

とくに弟の隼介の方は、こっちが会話を振らなくてもずーっと一人でしゃべっていそう。

その時は絶対にあの人なつっこい笑顔《えがお》を振りまくんだろうなと、かんたんに想像できる。

兄の涼真はどうかな？

あいさつに来た時からの一連の流れを思い返してみる。

いくら考えても、思い出すのはイラっとくることばかり。

多分、隼介がいなければずっとケンカをしてしまいそう……

「隼介とはしゃべれそうだけど……涼真とは絶対にムリだわ」

またひとり言をつぶやきながら私は自分の家へと帰った。


そして私の帰りを待っていたお母さんに兄弟二人だけしかいなかったことを話すと「今日の夕食もちょっとおすそ分けしてあげましょ！　お母さん、その時にあいさつに行ってくるわね！」と、かなり意気込んでいた。

その時はきっと、あの二人のイケメンぶりにすごく驚くんだろうな。

お母さんのその姿を想像して、私は一人でクスクスと笑ってしまう。


案の定、夕食のおすそ分けを持って行ったお母さんが家に帰ってきた時は、「となりにアイドルが引っ越《こ》してきた！」とかなりテンション高くはしゃいでいた。

「おとなりさんがあんなにイケメンの男の子の兄弟だったなんて……！　今まで全く恋愛《れんあい》系の浮いたお話がなかった杏にも、もしかしたら……」

「それは絶対にないから」

一人ウキウキと浮かれているお母さんの声をさえぎって返事をした。

たしかに親友の真美にもとなりにイケメン兄弟が引っ越してきたなんて言ったら、「絶対ラブが始まる！」なんて言われるのかもしれない。

でも、弟はともかく、兄とは初対面なのにあんなにケンカ腰《ごし》のやり取りをやってしまったんだ。

そこからラブに発展するなんてことは、天と地がひっくり返ってもありえないと思う。

騒がしい入学式

今日も昨日に負けないくらい春の日差しがポカポカと心地《ここち》よい気持ちのよい朝。

とうとう私も高校一年生だ。

今日から通う高校は、親友の真美に、

「制服がとにかくかわいいの！　雑誌の制服ランキングでもいつも上位なんだよ？　杏、一緒に受けようよー！」

とさそわれて受験した高校。

たしかにかわいいものに苦手意識があった私でも、ここの制服は一目で気に入るくらいかわいいデザインだ。

上質のベージュ色のブレザーは黒色で縁取《ふちど》られていて、制服とは思えないくらいかわいい。

スカートはグレーと白のチェックの少しミニ丈《たけ》のもの。

大きくて真っ赤なリボンが、女子の制服で一番のポイントだ。

そんなかわいい制服が意外と自分にあっていて、ニヤニヤしながら鏡を何度も見てしまう。

「いいかげん起きてきなさーい！　入学早々、遅刻《ちこく》するわよー！」

「はーい！」

その声を聞き、朝食を食べ、もう一度玄関《げんかん》にある鏡でチェックした後、私は大きな声で両親に声をかけた。

「行ってきまーす！」

「はーい、行ってらっしゃい！　お母さんたちもあとから行くからねー」

今日は入学式だから、両親もあとから来る予定。

せっかくのかわいらしい制服なんだもの。

親友の真美と一緒《いっしょ》に高校の正門でたくさん写真を撮《と》ってもらおう。

きっと、私の数少ないかわいらしい服を着た貴重な写真になるはず。

そんな考えに浮《う》かれながら家を出ると、門を出てすぐとなりから鼓膜《こまく》をやぶくくらいの男の子の大きい声が早朝の住宅街にひびいた。

「あぁっ!!」

ビクッ！　と上がる私の肩《かた》。

おそるおそる声の主の方を向くと、予想通りの人物がそこに立っていた。

「杏ちゃん！」

「はぁ……」

私の姿を見つけ、満面の笑みで名を呼ぶ隼介と、重いため息をはく兄の涼真が相良家の玄関から出てきた。

しかも二人は、私が通う高校の男子の制服とそっくりな服を着ている。

一瞬《いっしゅん》にして嫌《いや》な予感がした。

「ま、まさか……あなたたちが通う学校って……」

「杏ちゃんのそのかわいい制服、俺たちが通う学校と同じ制服だよね。ということは、俺たち一緒の高校なんだ！　うわっ、スッゲー偶然《ぐうぜん》！　杏ちゃん、俺たちやっぱり運命……」

「行くぞ、隼介。遅刻する」

隼介の大きな声は涼真が制服のえりを引っ張ると苦しそうな声に変わる。

そしてズルズルと私の目の前を弟を引きずって通り過ぎていく涼真と、引きずられても笑顔《えがお》を絶やさない隼介。

「ちょっと、アンタも早く行かないと遅刻するよ。時間、結構ギリギリだから」

私の前を通って行った涼真が振《ふ》り返って私に声をかける。

おどろいてかたまっていた私は、そこでハッと意識が戻《もど》った。

「い、行く行く！　学校行かなくちゃ！」

「俺も弟の面倒《めんどう》を見て転校初日から遅刻なんてごめんだからな」

「杏ちゃんと一緒に初登校だなんて最高だね」

学校が同じだから、私は自然と相良兄弟に合流する形で初めて通う高校の通学路を歩き始めた。

新しい制服を着て、本当なら浮かれた気持ちで見なれた住宅街を一つ大人になった気分で歩くはずだったのに。

私にとってあこがれの高校への第一歩という道なのにそんな余韻《よいん》にひたれることなく、あわただしい初登校を迎《むか》える。

駅のホームでも、満員電車の中でも、突然《とつぜん》現れたテレビに出てくるアイドル並み……いや、それ以上なイケメンオーラを放つ二人の兄弟の存在感はすごかった。

それは通学する電車内だけでなく、高校に到着《とうちゃく》してからがもっと大変だった。

「うわっ！　誰《だれ》あのイケメン二人！　すっごくレベルが高いんだけど！」

「芸能人かなー？　テレビカメラ来たりしちゃってる？」

「顔、結構似てるよね？　兄弟かな？　それにしてもカッコいいー！」

うるさい……相良兄弟を取り巻く、特に女子たちの声がとにかくうるさかった。

正門をくぐると、私たち新入生は昇降口《しょうこう》へと向かって入学式の受付をする決まりだ。

さっき電車の中で親は仕事で来られないと隼介が言っていたから、親代わりに涼真が受付を行っている。

多分、こうなるだろうとは思っていたけれど、兄弟そろってイケメンの二人は、主に女子を中心とした注目の的となっていた。

「うわっ！　超絶《ちょうぜつ》イケメン発見！　なにアレ！　あんなスペック高い男子、この高校にいるの⁉　杏、知ってた？」

私のすぐとなりで大きな声を上げたのは、一緒に教室に向かおうと思い正門辺りで待っていた親友の真美だった。

真美は今日のためにうすい茶色の髪色《かみいろ》のボブカットをきれいに整えている。

まゆも肌《はだ》のスキンケアもリップまでもちゃんと手入れをする女子力が高い女の子だ。

そして、イケメンを見つけるのも高校生になってもおこたらないらしく、相良兄弟を見つけては早々にテンションが高くなっていた。

「真美、声が大きい！　しかも私にあいさつもナシにいきなりそれ？」

「だって、ほら！　周りの女子、先輩後輩《せんぱいこうはい》関係なくみんな見てるよ！　周りの男子、ジャガイモにしか見えないね！　周りがジャガイモならあの二人は高級スウィートポテトだわ！」

「お菓子《かし》に喩《たと》えるのやめてよ。それにそんな大声出したら、聞こえちゃう……」

「あっ、笑顔の方がこっちに気付いた！　ちょっと、こっちにめちゃ手を振って向かって来るんだけど！」

真美があっちの方向を指さしながら、私の新品の制服の袖《そで》を引っぱる。

私は二人がいる方を向きたくなくてそっぽを向くけれど、それは隼介の大声のせいで逃《に》げられなかった。

「杏ちゃーん！　受付ここだよー!?　おばさんは来た？　あっ、あとで一緒にクラス名簿《めいぼ》見に行こうね！　くつ箱の前に張り出されてるんだって！　今、そこで聞いたー！」

「うるさい、バカ。入学早々、目立つことをするな」

言い終わると同時に隼介が私と真美の前に着いて、そしてうしろからやってきた涼真のげんこつが頭にさくれつする。

涼真の言った言葉は私も心の中で大きく叫《さけ》んでいたことだ。

涼真の言い分にはげしくうなずこうとしたら、その肩は真美の強力な手でつかまれ、ブンブンと振り回されてしまう。

「えっ？　なに？　えっ？　ど、どういうこと？　杏、知り合い……？　あんた、中学の時からの親友の私にこんなイケメン兄弟の存在を隠《かく》していたの!?」

「杏ちゃんの親友？　さっそくお友達が見つかったんだ、よかったね。俺、杏ちゃんの家のとなりに引っ越《こ》して来た相良　隼介。よろしくねー」

「なんだ、ツレがいたのか。じゃあ、俺はもういいな。隼介、あまり面倒をおこすなよ。アンタ、コイツのこと見てて。よろしく」

「はぁ!?　ジョーダンでしょ！　やだ、待ってよ！」

涼真は私に隼介を押し付けると手をヒラヒラッと振り、あくびをしながら私たちの前から去って行った。

混乱状態の真美とうれしそうに笑顔をたやさない隼介が私をジッと見ている。

そんな私たちのやり取りが目立たないわけがなく、その場にいた生徒全員と保護者の注目の的となってしまい、入学式が始まるという緊張感《きんちょうかん》を味わうよゆうもないまま、校内へと向かった……。

両親と合流して受付をすませたあと、隼介に教えてもらったとおり、くつ箱の前に貼《は》り出されたクラス名簿を確認《かくにん》して新入生の教室へと三人で向かうため、ピカピカの新品の上履《うわば》きにはきかえた。

「いやぁ、俺って本当昨日からツイてるなー。まさか杏ちゃんと真美ちゃんと同じクラスになれるなんて」

「ツイてるのは私もだわ！　まさか入学早々こんなイケメンとお知り合いになれるなんて」

「はぁ……」

大きなため息をつく私とは正反対に、隼介も真美もテンション高く新入生の教室がある三階へと階段を上がっていく。

涼真も涼真だ。

隼介を私にまかすなんて、どれだけ過保護なんだろう。

たしかに隼介はすぐにさわぐし、周りを見ていないから兄としては心配でしょうがないのかもしれないけれど。

「んっ？　杏ちゃんどうした？」

そんなことを考えていると、近距離《きんきょり》に隼介の顔が現れて驚《おどろ》きと同時にため息も出た。

「えっ？　なになに？」

ずっとニコニコしている笑顔《えがお》をこの近い距離でふりまく。

こんな素直《すなお》な性格の隼介のことを考えれば、もし意地悪なクラスメイトたちに絡《から》まれるなんてことになったら……

兄としては、そういう弟のことが心配でたまらないんだろうな。

だからって知り合ったばかりの私にまかせるのはお門違《かどちが》いだと思うけれど。


「あれ、兄ちゃん？」

「えっ？　お兄さま？」

教室に向かう途中《とちゅう》の廊下《ろうか》の窓から隼介が顔を出し、その横で真美がハートマークがつきそうな声で涼真をお兄さまと呼んでいた。

私もその一歩うしろから、涼真の姿を窓越しに見つけた。

涼真は私たちがいる校舎の向かいの二階の窓に背中をあずけ、女子半分、男子半分の約十人くらいの同級生らしき人たちにかこまれて質問ぜめにあっている。

三年からの転校生がめずらしいのか、それとも涼真自身に興味があるのか、ここから見える涼真の横顔はなかなか困っていた。

「兄ちゃん困ってるなー。見た目がいいから、どこに行っても人気者なんだよね」

「ほうっておいてあげたらいいのにね。こんな時期に転校してくるのは、色々と言いにくい理由があるはずなんだから」

苦笑いの隼介の言葉のあとに、私はポツリと本音をつぶやく。

思っていたことをストレートに言っただけなのに、そのことに隼介は大きな目をキラキラとさせ、なぜか感動していた。

「杏ちゃん、やっぱりイイ子……！　みんな俺たちのことめずらしい目でしか見ないのに、杏ちゃんだけだよね。そう言ってくれるの……」

「わ、私は別に……！」

ヤバい、隼介にあの恋愛《れんあい》モードのスイッチが入りそうだ。

「で、でも涼真は本当は口も性格も悪いでしょ!?　それに気付いた女の子たち、ショック受けなきゃいいわね！」

「あー……そうなんだよねぇ。兄ちゃん、どうして女の子にもっと優《やさ》しくできないかな？　もっとモテると思うんだけど」

「お兄さま、きっとこれ以上モテたくないんじゃない？　だって、今でもすごいじゃない」

隼介のテンションが下がり、ホッとしたところで真美が指さした方向を向く。

そこにはぶっきらぼうにも女子や男子たちにかこまれながらお喋《しゃべ》りをしている涼真の横顔が見える。

私と話す時もあんな顔をしているなと思うと、口が勝手にとがってすねた表情になってしまう。

「入学式、おくれちゃう。早く行こ！」

涼真に負けないくらいぶっきらぼうに二人に声をかけてしまう。

そんな私に隼介も真美もついてきてくれ、朝からのバタバタのせいで緊張《きんちょう》するヒマもなく私は一年間通うことになる一年一組の教室の扉《とびら》をゆっくりとスライドさせた。

そしてそれからは滞《とどこお》りなく入学式がはじまり、やっと新入生という気分を心から味わうことができた。

左胸には新入生の証《あかし》の真っ赤な一輪の花。

新品の制服に上履《うわば》き、まだ慣れない教室の匂《にお》いとクラスメイトたちの声。

全《すべ》てが新しいことばかりで、これぞ入学式だという雰囲気《ふんいき》だ。

「明日は自己紹介《しょうかい》だっけ。杏ちゃん、何言うの？」

初めてのHR《ホームルーム》が終わり、先生も教室を出たところで問いかけてきたのはとなりの席の隼介。

同じサ行の名字の私たちは出席番号が同じで、席もとなり同士だったんだ。

「なに言おうかなぁ。まようよね」

「俺もどうしよっかなー」

そんな会話をしながらイスから立ち上がり、「私は部活もやってイケメン彼氏も作って、高校生活を満喫《まんきつ》させまーす！　と宣言するんだー！」と言っている真美と合流し、教室を出て階段を下りていく。

「あっ、それいいね！　俺もそれにしようかな。ねっ、杏ちゃん」

「えっ？　どうして私に振《ふ》るの？　私に彼氏とか関係ないし」

「もー、照れなくていいって」

「なになに？　杏と隼介くんっていつの間にそんな関係になったの？」

鼻息あらく、真美が私と隼介の関係について興味津々《きょうみしんしん》に聞いてくる。

私は投げやりにごまかし、隼介が「まだ内緒《ないしょ》～」と言ってふざけていると、一年生のくつ箱のすみっこに背が高い男子生徒が立っていた。

「兄ちゃん？　一年のくつ箱になんか用？」

「用があるのはお前だよ、隼介。まだ一人で帰れないだろ。行くぞ」

「もう、またガキ扱《あつか》いするー。あっ、それなら杏ちゃんも一緒《いっしょ》に帰ろ」

「えっ？　私も⁉」

ここでお別れだと思って他人事《ひとごと》で聞いていたら、隼介に手首をつかまれる。

そしてとなりにいた真美はテンション高く答えていた。

「私もおともしますー！」

人が増えたせいか、面倒《めんどう》そうな表情を見せながらも、黒色のサラッとした髪《かみ》をなびかせて歩く涼真を先頭に、隼介、私、真美と続いて昇降口《しょうこう》を出た。

だけど、真美はご両親が待っていてくれて、正門で別れることとなった。

その時の真美のくやしそうな顔は、とても言葉で言い表せそうにないくらいだ。

私の親も待ってくれていたのだけど、「相良兄弟がいるのならこの辺りを案内しながら帰って来なさい」と言われ、泣く泣く涼真、隼介、私というメンバーで電車に乗っている。

昼間の車内はそれほどこんでなくて、私たち三人は誰《だれ》も座っていない座席へと並んで座った。

「ねぇ、杏ちゃん。駅の近くでうまい店とかある？　部活帰りとかちょっと食って帰りたいなーって」

「部活？　隼介、どこかに入部するの？」

「うん、俺、サッカー部！　小学生の時からずっと続けててね。杏ちゃんは？　入るところが決まってないならマネージャーとかどう？」

「いやぁ……私、面倒くさがり屋だし雑な性格だから、マネージャーは向いてないかな？」

苦笑いでさそいを断る私と、私ばっかりを見てほほえんだまま目をそらさない隼介。

座席のはしに座っている涼真はとなりに座っている隼介の話をだまって聞いている。

だから、私と隼介だけで話しているようなものだ。

そんな空間もなんだかいごこちが悪くて、涼真にも話を振ってみた。

「涼真は？　部活には入らないの？」

「入れるわけないでしょ。俺、もう受験だから入部してもすぐに卒業だし。それに家のこともしなくちゃだし」

「俺たちの家って兄ちゃんがずっと掃除《そうじ》とか洗濯《せんたく》とかやってくれててね。ご飯は近くに住んでいるばあちゃんが、これから作りに来てくれたりするんだけど」

「隼介、全部言わなくていい」

「だって本当のことじゃん。昨日の引っ越《こ》しだって、父ちゃんがこれから受験生になる兄ちゃんの負担がへるようにって、ばあちゃんの家が近いここに決めたんだから」

言いたいことをじゃまされたからか、少し不機嫌《ふきげん》になって隼介は涼真に言い返している。

その弟の態度を見ながら、涼真は大きなため息をついていた。

「そ、そうだったんだ……。よけいなこと聞いてゴメン……」

「別に」

私の謝罪に素っ気なく答える涼真。

なんだか知らぬうちに踏《ふ》み込んだことを聞いてしまい、苦い気持ちになった。

ダメだ、もうこれ以上、なにも聞かないでおこう。

それからは質問《しつもん》ぜめの隼介の話を適当にかわし、首をゆらせながら、苦手な愛想笑いを続けた。

そして二十分ほど乗ったところで降りる駅を告げるアナウンスが聞こえる。

「あっ、ここで降りるよ」

「了《りょう》ー解《かい》」

明るい声で隼介は返事をする。

その様子に笑っていると、座席のはしにいた涼真が立ち、床《ゆか》においていたカバンを持ち上げるとちょうど私の目線の先にストラップのひもみたいな物が見えた。

新しいこげ茶色のカバンに、不似合いなボロボロのお守りがゆらゆらとゆれている。

自然とそこに視線は集中してしまい、つい「どうしてそんなボロボロなお守り、つけているの？」と、口に出してしまいそうになった。

でも、さっき相良兄弟には複雑な事情があるのだから、これ以上聞かないと決めたところだ。

私は何も考えないように扉から流れてくる強い風を受けながら先に出る二人のうしろに続いた。


そして、駅から家までの道をもう一度案内する。

私たちが住んでいる住宅街は同じ作りの家がずっとならんでいるから、屋根の色やカーブミラーの位置などで判断しないと迷子《まいご》になる可能性がとても高いのだ。

「昨日もこの辺り歩いたけど、まるで迷路《めいろ》だね。なれるまで大変そうだ」

私と相良兄弟の家の間まで帰って来て、隼介がそれはワクワクとしたいい笑顔《えがお》で話す。

ややこしい道さえも遊び感覚なのだから、隼介らしいなって思った。

「まぁ、なれれば平気だよ」

「ねぇ、アンタ。明日も隼介のこと頼《たの》むわ。登下校と教室までコイツに付いて行ってやって」

「はぁ!?」

やっと役目が終わり、明日から自由になれると思ったのに、涼真が隼介の頭にポンッと手のひらをおきながらとんでもないことを言い出した。

「ど、どうして私が⁉　もういいでしょ！　今日、たっぷり案内したじゃない！」

一歩うしろに離《はな》れ、大声で涼真の言葉に言い返す。

それでも涼真は表情を変えず、私に隼介をまかせようとする。

「コイツ、物覚えの悪さ、本当悪いんだよね。きっと今日歩いた道、ほとんど覚えてないと思う。そうだろ？　隼介」

名前を呼ばれ、兄と目を合わせる隼介。

そして隼介は申し訳なさそうにほほえんだままうなずいた。

「うそでしょ……」

「コイツ、昔っから俺の後を付いてばっかりだから、危機感とか警戒心《けいかいしん》とか全くないんだよ。バカだけど、何回かくりかえせば覚えると思うから」

「そ、そんな……なんで私なの？　私じゃなくてもあんたたちに群がる女子いっぱいいるじゃん！　その子たちに頼みなよ！」

「えー、俺、杏ちゃんがいいな。杏ちゃん、たまに口悪いけど優《やさ》しいし」

「なっ……」

「まぁ、俺も化粧《けしょう》がこくて香水《こうすい》くさい他《ほか》の女子より、真っ当なアンタを信用してるから」

「えっ、えぇ……」

極上《ごくじょう》イケメン二人に言い寄られてその勢いに圧倒《あっとう》される。

結局、押し切られた形で、これからも隼介の面倒を見るという約束をするはめになってしまった――


そしてその日の夜、お風呂《ふろ》上がりに今日のことを思い出しながら部屋にもどった。

部屋には、学校から帰ってから作った星形のアイシングクッキーとホットミルクを寝《ね》る前に食べようと思い、持ちこんだ。

うまくできたアイシングクッキーをほお張りながら、大きなため息をつく。

「とんでもない一日だったな……」

モグモグと食べながら、壁《かべ》にかけている制服を見る。

何度見てもかわいらしいデザインに、落ちていた心はようやくいつもの気持ちを取りもどしつつある。

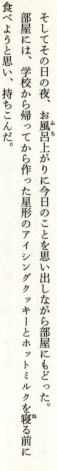

その制服を手にして自分の体にあわせ、全身が映る鏡の自分を見た。

「やっぱりここの制服、かわいいな」

気分転換《てんかん》にくるんとその場でターンをしようとしたけれどバランスをくずしてしまい、半分だけ回ってその場に立ち止まってしまった。


すると、おとといまでなかったものがそこに現れて、私は笑顔のままその場に立ちつくす。

窓の外を見ると、小さな星つぶがかがやく夜空が視界のはしに見える。

でも、となりの家の一室では、蛍光灯《けいこうとう》の明かりの下には窓際《まどぎわ》に勉強机をおいて、そこで今まで勉強していたんだろう。

彼の持つシャーペンは今は動きを止めていた。

そして目と目が合った瞬間《しゅんかん》、私の笑顔は一瞬でくずれて、まるで妖怪《ようかい》を見てしまったような表情になった。

「な、な、なんで……！」

開いた窓の奥から変なものを見るような目で私を見るのは、苦手なとなりに住んでいる人。

しかも、兄の涼真の方！

ここの住宅街はとなりの家との距離《きょり》はかなり近い。

だから、私の部屋と向かい合わせになっている涼真の部屋からは、私の姿は丸見えになっていた。

「アンタこそ……、一人でなにやってんだ？」

肩《かた》をふるわせ、笑いをこらえている涼真。

ベランダ越《ご》しに見えるその姿は、おかしくてたまらないって感じ。

多分……いや、きっと一部始終、カーテンを開けっぱなしにしていた私の今の行動を見られていたんだ！

「ち、ちが……。コレ、学校の制服……！　サ、サイズがいまいちだったからもう一度あわせてただけで！」

「サイズ合わせでアンタは踊《おど》るのかよ。しかもターン、失敗してるし」

ガマンできなくなったのか、涼真は「ぶはっ」と小さな声をもらし、口を手でふさぎ、とうとう笑い出してしまった。

「失敗じゃないから！　ちょっとつまずいただけだし！」

「それを失敗って言うんだよ。アンタ、アイドルでも目指してんの？」

「そ、そんなわけないでしょ！　本当にサイズ合わせだけで、別にこの制服がかわいいからって何度も着たりしてないし！」

自分の体に合わせていた制服を乱暴にベッドの上にほうり投げた。

心の中は（シワになっちゃう！）と悲しい気持ちもあるけど、浮《う》かれている自分を見られた恥ずかしい気持ちで今はいっぱいいっぱいなんだ。

「いや、どう見ても踊ってたでしょ……て、ちょっと。そんな格好、俺に見せないでくれる？」

「えっ……？」

そんな変な格好をしていたっけ？　と、涼真の言葉の意味がわからず、首をかたむける。

すると、涼真は笑っていた表情を消し、気のせいじゃなければほほを赤くそめて視線を泳がせた。

「自分の姿、鏡で見たらわかる」

涼真に姿見を指さされ、私は反転して自分の姿を見た。

そこにはあわいピンク色のうすいキャミソール一枚と、パイル生地《きじ》で白色のショートパンツ

姿の自分が映っている。

こんな薄着《うすぎ》の姿を涼真に見せていたんだ！　と気付くと、「ぎゃぁ！」と女らしくない声を出して、その場に勢いよくしゃがんでしまった。

「最悪！　見ないでよ！」

「はぁ？　アンタから見せてきたんだよね？　俺の方が被害者《ひがいしゃ》なんだけど」

「ひ、被害者とか……！」

「見たくないもの見せられたら、こっちが被害者だろ。しかも、ぎゃぁってなんだよ。女ならもっとかわいい声を出した方がいいと思うけど」

「あ、あなたねぇ……！」

怒《いか》りがどんどんと込みあがってきて、体もプルプルと震《ふる》えてきた。

どうせならベランダに出て思いっきり言い返してやりたい。

でも、今の私のこの姿じゃ立ち上がることさえできず、だからといってもう夜の十時を回っているというのに、これ以上大きな声を出すことは近所迷惑《きんじょめいわく》になるから絶対に無理だ。

きつくにらむ私を、涼真は勉強机のイスに足を組んで座りながら見くだすように見つめてくる。

このきれいな顔でそんな姿を見せられると、とてもサマになり、絵になるのがくやしい。

だけど、みとれてしまいそうになる。

……本当に腹が立つー！

そんな時だった。

無言でにらみあっていた私たちの間に、コンコンッと扉《とびら》がノックされる音がする。

お互《たが》いに見つめ合ったまま瞳《ひとみ》が大きく見開く私たち。

その音は、どうやら涼真の部屋からだったみたい。

「兄ちゃん、勉強中？　入っていい？　このゲームの攻略《こうりゃく》法教えてほしいんだけど」

声の主は弟の隼介だった！

さらにマズくなったこの状況《じょうきょう》。

隼介にまでこの姿を見られたらどうしよう！　と頭の中ははげしくパニックだ。

私が首だけを左に向けたり右に向けたりしてあわてていると、シャッとカーテンが引かれる音がする。

視線を戻《もど》すと、涼真が立ち上がって濃紺《のうこん》色のカーテンを全面に引いてくれていた。

「あっ……」

隼介に見せないようにカーテンを引いてくれたんだ……と思うと、体の力が抜《ぬ》けて安心感でいっぱいになる。

涼真のことだから、笑いのネタに隼介に見せるかも……とか思っていたのに。

いちおう、気をつかってくれたんだ、と思うと、ホッとして半分涙目《なみだめ》にもなった。

心の中で感謝をしていたら、涼真がカーテンを少しだけ開けて私の部屋の方を見る。

そして、さっきと同じような見くだした顔で私を見て鼻で笑い、それから勢いよくカーテンを閉めた。

「や、や、やっぱり感じ悪いヤツ……!!」

感謝の気持ちがめばえ始めたけれど、今の涼真の表情を見たら、そんなもの一瞬でふき飛んだ。

「絶対に仲良くなんかならないから……!」

目の前にある濃紺色のカーテンをにらみ、私は低い声でひとり言をつぶやく。

カーテンには二人分の影《かげ》が映っていて、仲がいい兄弟のしゃべり声が聞こえてくる。

きっとゲームの攻略法で盛り上がっているのだろう。

たんたんとしゃべる涼真の声と、それにリアクション大きく感動した隼介の声が聞こえてくる。

「本当、仲がいいな……」

昨日、今日と一緒《いっしょ》にいて、それは心からうらやましく感じたことだった。

引っ越して来たとなりの家の家族は、イケメンで、仲が良くて、性格も正反対の男兄弟。

きっとほかの女の子たちからすれば、夢のようなできごとなのだろう。

それでも今までいなかったおとなりさんの存在ができたことは、私の中で大きなできごとだ。

「明日から……いや、今から服装だけは気を付けよう……！」

だって、おとなりさんは年が近い男子なんだ。

いつまた見られるかわかったもんじゃない。

そう決意し、私も自分の部屋のカーテンを閉めた。

初めての応援

そんなあわただしくも気忙《きぜわ》しい登下校がようやく終わりを迎《むか》える日がやってきた。
サッカー部に入部届を出した隼介は、来週から朝と放課後は部活動で私と登下校を共にすることはなくなる。

「これでお守《も》りから解放されたぁー……！」

金曜日の放課後、学校から帰ってきた私はさっき家の前で相良兄弟と別れ、一人の時間の幸せをこれでもかと、リビングのソファで寝転《ねころ》がりながらかみしめていた。

解放感でいっぱいの私は、入学してから体力的に疲《つか》れていてあまり作る機会がなかったお菓子《かし》作りを再開させた。

疲れた体には甘いものが一番。

でも、できればあまり甘すぎない方がいいなという気分だ。

レシピサイトを色々検索《けんさく》していて、ある中華《ちゅうか》デザートが目に付いた。

「杏仁豆腐《あんにんどうふ》かぁ。あまり挑戦《ちょうせん》したことなかったな。うん、これにしよ！」

そう決めると、いつもの苺柄《いちごがら》のエプロンを身に着け、タブレット端末《たんまつ》をキッチンカウンターに用意して杏仁豆腐のレシピをもう一度確認《かくにん》した。

材料を用意していると、二階で洗濯物《せんたくもの》を取り込んで下りてきたお母さんが私に声をかけた。

「あら、今日はお菓子を作るのね。ちょうどいいわ、おとなりさんの分も作ってあげてくれない？」

「えっ？　やだ！」

毎日登下校も一緒で、授業中でも隼介の顔を見ているんだ。

これ以上、相良兄弟と顔を合わせたくないのに！　という思いから、あからさまにいやな顔をした私。

そんな私にお母さんは不満げだ。

「今夜の夕食にから揚《あ》げをたくさん作ったのよ。あの子たち、いつもおばあちゃんが作ってくれるお夕飯なんでしょ？　それも体にいいから悪いとは言わないけれど、やっぱり育ち盛《ざか》りの男の子はお肉も食べたいでしょう？　だからおすそ分けしようと思って。そのついでに、杏が作ったお菓子も一緒に持って行ってあげてちょうだい」

「えぇ――……」

面倒《めんど》くさがる声を出し、キッチンカウンターを見るとたしかに大皿の上には山のようなから揚げがあった。

「あらやだ。いつからそんなことをいやがる冷たい女の子になったのかしらね」

「もう……わかったよ」

そんなふうに言われちゃったら、なにも言い返せない。

それに杏仁豆腐なら、甘いものが苦手な涼真も食べてくれるだろう。

私は大きなため息をつきながらも、しぶしぶお菓子を作る手を動かし始めた。

そして、私の手には冷やし固めた手作りの杏仁豆腐と、我が家では見たことがないくらい大盛りのから揚げが盛り付けられたお弁当箱がある。

それを相良家に持って行き、おすそ分けの量に少し驚《おどろ》いていた涼真に強引《ごういん》にわたして私はすぐさま帰った。

「任務完了《かんりょう》〜」

やっと自由の時間が持てた私は、自分の部屋に戻って大の字になって床《ゆか》に寝転ぶ。

そして夕飯を食べ、お風呂《ふろ》にも入り、自分の部屋に戻ってまた床に寝転びながら、明日作るお菓子のレシピ検索を楽しんだ。

明日は一日、自由な時間だ。

ここ最近、全く落ち着かない日々を過ごしていたから休日くらいはゆっくりしよう。

そうだ、明日カスタードクリームの上に盛られたフルーツたっぷりのタルトでも作って真美を呼んでお茶でもしようかな。

そんなことを考えていると、窓がコツンと小さな音が鳴った。

「んっ？」

音のする方向を見ると、となりの家の涼真がTシャツにスウェットパンツというラクな服装でベランダに出ていて私を手招きしている。

ギョッとして寝転んでいた体を起こし、タブレット端末を床において私は忍《しの》び歩きで窓を開け、ベランダに出た。

こちら側のベランダには消しゴムのかけらが落ちている。

どうやら涼真はこれを私の窓に向けて投げたらしい。

「そんないやそうな顔をするな」

「だ、だって……何の用よ。文句なら受け付けないわよ」

春の気候は昼間はポカポカと眠気《ねむけ》をさそうくらい暖かく心地《ここち》よいけれど、夜はまだひんやりと寒い。

前のようなキャミソールとショートパンツという服じゃなく、ちゃんとパイル生地《きじ》のパーカーにおそろいのスウェットパンツだ。

そんな私を見て、涼真はベランダの縁《ふち》にほお杖《づえ》をつきながら少し照れくさそうな顔をして口を開いた。

「今日、持って来てくれたあのデザート」

「う、うん……」

「俺、甘い食べ物苦手なんだけど」

「はっ？」

なに？　文句を言うためにわざわざ呼び出したというの？

ムスッとした顔をした私は前のめりになって涼真に言い返す。

「なにそれ！　じゃあ食べなきゃいいじゃん！　隼介にでも食べてもらったら？」

「ちょっと、最後まで聞きなよ。甘いもん苦手だけど、アンタのなら大丈夫《だいじょうぶ》だったってせっかく言おうとしたのに」

「……へっ？」

「それにさっき届けてくれた時も、礼を言う前に、アンタ逃《に》げるように帰るしさ」

「あっ……そ、それはゴメン……」

素直《すなお》にあやまると、涼真も安心したのか下をむいて息をはく。

そんな仕草をして角度を変えるだけで整った顔はまた違《ちが》うカッコいい表情を見せてきて、やっぱり魅力《みりょく》的な人はどんな角度から見てもカッコいいんだなとあらためて思う。

「だから」

ぼうっとみとれていると、涼真からめずらしくおだやかな声が聞こえてきた。

私はその声にハッとした。

涼真の方に視線をしっかりうつすと、ベランダの縁に両腕《りょううで》を組んで置き、でも視線は泳いでいるのか私と目は合わせないまま小さな声が聞こえてきた。

「さっきも言ったけど、アンタのなら大丈夫だからまた作って。あと、おばさんにもごちそうさまって伝えて。隼介のヤツ、肉だー！　て感動して食ってたから。じゃあね、よろしく」

言いたいことだけ言って、部屋の中に入ろうとする涼真。

口をあけてまばたきをパチパチさせていると、涼真がしめかけていた窓の動きをピタッと止める。

そして「あっ」と言ってこちらを振《ふ》り返った。

しかも、その顔はいいことを思いついたとでもいうような、口角が上がった意地悪な口もとを見せて。

「な、なに？　まだ何か……」

「ちなみに俺はハンバーグ派だから。よろしく」

「ふぇ、えぇっ？」

「あとついでに言っておく。アンタ、床で大の字になって寝転《ねころ》ぶのは勝手だけど、せめてカーテンは閉めた方がいいよ。こっちから今日もずっと丸見えだったから。じゃあ、忠告したからね」

「あっ……！」

ついとなりに誰《だれ》も住んでいない時のいつものクセで、カーテンを開けっ放しで自由に部屋で過ごしていた私。

昼間も今も、足を広げて床に寝転んでいた姿を涼真に見られていたんだ！

「さ、最悪……！」

「それじゃ、オヤスミナサイ」

気持ちがこもっていない棒読みで「オヤスミナサイ」と言われ、もう怒《いか》りと恥《は》ずかしさがマックスだ。

「ちょ……！」

声をかけようと思ったらカーテンも窓も閉められ、私の勢いはピタッと止まる。

「ほ、本当……いやなヤツ！」

この涼真の性格と、なんでもストレートに受け取る私の性格は絶対に合わないと思う。

ムカつくのに、耳には涼真の優《やさ》しい声で言われた言葉がまだこびりついている。

「また作ってとか言ってたな……」

本当に私の作るお菓子《かし》の味を気に入ってくれたのかな。

お菓子に罪はないから、素直に受け取って喜んでくれているのなら、それはそれですごくうれしいことだ。

今まで家族や親友の真美以外の人に作ったことなんかないから、そう言われて悪い気はしない。

涼真の苦手なものを私が作るものなら大丈夫と言われ、浮《う》かれてしまったんだ。

そんな私の心の中には、うれしい気持ちだけがずっと強く残っていた。

そして休日が明けた月曜日。

一週間が始まる月曜日は最高の天気で学校生活二週間目はスタートした。

「ん〜、いい天気」

どこまでも広く続く青空を見上げて背伸《せの》びをする。

お気に入りのかわいい制服を着て、さわやかな天気ともなれば自然にご機嫌《きげん》にもなる。

私は笑顔《えがお》のまま駅に向かおうとゆっくりと歩き始めると、うしろから人の気配がして、頭上から聞き覚えのある低音のいい声が聞こえてきた。

「朝から能天気だね。そんなにのんびりしてたら遅刻《ちこく》するよ」

「うわっ……」

やはり、その声の主はとなりに住む涼真だった。

今日から隼介はサッカー部の朝練が始まるから、一人で登校するみたいで周りに誰も人はいない。

ついでに言うと、もちろん私も一人だ。

「お、おはよう……」

「オハヨウ」

この人、あいさつは棒読みでしか返さないのかというくらい、気持ちがこもっていない。愛想《あいそ》というものをどこかに忘れてきたのかというくらい、無感情だ。

「……」

「……」

そして、お互《たが》い無言のままなぜかとなり合って歩く。

「ちょっと、ついてこないでよ」

「あのね、学校が一緒《いっしょ》なんだから方向は一緒に決まってるだろ。隼介じゃあるまいし、誰が好き好んでアンタのとなりなんか歩くか」

「私だって涼真のとなりなんか歩きたくないわよ！」

「だったら離《はな》れたら？」

「そっちが歩くスピード落としてよ！」

「いやだね、遅刻したくないし」

「私だって！」

そんな言い合いをしながら住宅街を歩き、お互いに「離れなさいよ！」「そっちこそ！」と言い合っているうちに、駅に到着《とうちゃく》してしまった。

そして早朝の通勤通学のラッシュの中、身長が人並みしかない私はいつもこの中を右左とい

そがしく揺《ゆ》れながら、頑張《がんば》ってふんばるしかない。

いつもは隼介が壁《かべ》になってくれていて、私をこの満員電車の中から守っていてくれた。

それが当たり前のようになっていたけれど、今は本当に感謝しかない。

だって一人で立っているのはかなり辛《つら》いもの。

このぎゅうぎゅうの箱詰《はこづ》めみたいな感覚にいつか慣れる日がくるのかな……。

そう切なく思っていると、肩《かた》に腕《うで》がまわり、誰かのわき腹辺りに体を引きよせられた。

「むぐっ……」

「……俺のそばから離れるなよ」

私の顔が当たっているのは涼真の胸元《むなもと》辺りで、背中には彼の手があり、私が転ばないようにささえてくれている。

まさか涼真が満員電車の中で助けてくれるとは思わず、軽く興奮と混乱状態だ。

「な、なんで……」

「これは隼介の役目だけど、今日からアイツがいないから朝だけ面倒《めんどう》みてやる。言っておくけど、隼介の代わりだから。変な期待はしないで」

予想以上に近い距離《きょり》にある涼真の顔と耳に届く声に、私は肩を上げて首を何度もうなずかせるような人形の動きしかできない。

初めて家族以外の人に肩を抱《だ》かれて、さらに密着までして……！

ただただ驚《おどろ》いて顔も体も熱くさせて、倒《たお》れないでいるのが精いっぱいだった。

私の様子に納得《なっとく》したのか涼真はもうそれ以上しゃべらず、ずっとこの体勢のまま降りる駅まで私を守ってくれていた。

そして満員電車から解放されて、私は大きく深呼吸する。

それからとなりにいる涼真を見上げた。

「あ、ありが、とう……」

「ドウイタシマシテ」

やはり棒読みの返事に素っ気ない態度。

しかも駅のホームのアナウンスにかき消されるくらいの小さな声。

でも、私にだけちゃんと聞こえてくるその返事に、感謝の気持ちは持っていたからそれ以上なにも言い返さないでおいた。


それから、その日をきっかけに、二人で登下校をするのが当たり前のようになっていく。

朝、いつも同じ時間に家を出ると、涼真もちょうど家から出てくるところで自然と一緒に歩き出す。

「昨日もアンタの家から甘ったるい匂《にお》いがしてきた」

「私の唯一《ゆいいつ》の趣味《しゅみ》なんだから文句言わないで！」

「……ホント、その細い体が横にふくらむのは時間の問題かもね」

「わ、私の勝手でしょ！」

こんな半分ケンカみたいな会話をしながら駅まで歩く。

それでも満員電車では私を守るようにそばに立ち、なるべく私がいやな思いをしないように引きよせ、支えてくれる。

それはいつまでたっても慣れなくて、この時間だけは夢心地《ゆめごこち》のような……

涼真に支えてもらっている間、清潔感のある彼の匂いに包まれて、狭《せま》い満員電車の中でも一人だけ別世界にいる感覚だったんだ。


そして下校の時は真美はソフトボール部に入部したから、帰宅部の私とは一緒には帰れない。

だから、どちらからともさそったわけではないけれど、駅で涼真を見つけると自然と声をかけ、一緒に帰る。

下校の時、涼真はスマホにイヤホンをつないで音楽をよく聴《き》いている。

それを邪魔《じゃま》しないように電車の座席でただとなりに座っているだけだけど、それが結構いごこちがよかった。

隼介とは真逆の性格の涼真との空気は、二人でいても会話がはずむわけじゃない。

でも、これから一生続くかもしれないおとなりさん同士なんだから、これくらいの距離感が心地いいものだろう。

そんなことを電車から流れるもう見慣れた景色を見てぼんやりと考えていた。

だいだい色の綺麗《きれい》な夕日の前を二羽の鳥が仲良く飛んでいる。

ここら辺は結構栄えた都会で緑が少ない地域だから、こんなおだやかな眺《なが》めは貴重だなぁと思っていたら、涼真に「そうだ」と片方のイヤホンをはずしながら声をかけられた。

「多分アンタなら言わないと思うけど、隼介に二人で帰っていること内緒にしろよ」

「も、もちろん」

「バレたら色々とうるさいから。きっと〝兄ちゃん、ズルい！〟とか〝俺だって一緒に帰りたいのに！〟とか耳元で騒《さわ》がれるのかんたんに想像できるし。今までにないくらい、アンタのこと本気っぽいから」

涼真の隼介の口マネがとても似ていて最初は笑い出しそうになったけれど、最後の言葉に胸がつまる。

本気っぽいって……いわゆる、恋心《こいごころ》としてってことだよね。

「……隼介、どうして私なんだろう」

今さらながら、ものすごく単純な疑問を口にした。

自分では全くわからない。

隼介なら女らしくない私より、もっとかわいらしい女の子の方が似合うはず。

「……兄の俺から見てだけど」

両方のイヤホンを外した涼真が、少し間をおいてゆっくりと語り出した。

「アンタと隼介って真っ直《す》ぐ同士、よく似ているよ。隼介が言っていたけど、楽しい時は一緒《いっしょ》に笑ってくれるし、授業中とかハメ外してしまう時とかに、ちゃんと叱《しか》ってくれるくらいしっかりしているからいい！　とも言ってたな。あと、なにより手作りでお菓子《かし》とか作れるところも気に入っていると思う。アンタから何かもらうとずっとさわいで食っているしね。あと、顔もね。好きだってさ」

涼真から語られる数々の言葉に、勝手に体が熱くなってくる。

照れるな、私！　と言い聞かせても、自分の思いとは反対にドンドンと熱が上昇《じょうしょう》する。

そんな私は話題を隼介からそらせたくて、目の前にいる涼真の名前を出してしまった。

「……涼真は？」

「はっ？　俺？　俺の意見なんかどうでもいいだろ」

「い、いや、ちょっと聞いてみたかっただけじゃん！」

「なに聞きたいの？　あっ、もっと砂糖とかバターの量を減らせとか？　あんまりお菓子ばっか作って食ってるとデブになるぞ、とか？」

「またそれを言う！　なんってデリカシーがないの！」

「あー、もういいから。お喋《しゃべ》り終わりね。俺、音楽聴くから邪魔しないで」

私の言葉を全《すべ》て聞くことなく、またイヤホンを両耳につけ、音楽を聴き始めた。

そして涼真のクセなのか、大切そうにしているカバンについているボロボロのお守りをずっとさわっている。

だから私は歯を食いしばって言いたいことをガマンし、唇《くちびる》をとがらせて怒《いか》りをあらわにする。

それでも涼真はいつもなんだかんだ言いつつもとなりにいて、一緒に帰ってくれるんだ。


入学式から二週間ほど過ぎた金曜の夜、次の日が土曜日でお休みだからまた何か作ろうかとちゃんとベッドの上に座ってタブレット端末《たんまつ》を操作していると、いつものように窓にコツンとなにかが当たる音が鳴った。

「また、涼真？」

涼真は二日に一回はこうして窓に消しゴムのかけらを投げ、私を呼び出す。

それは「シャーペンの芯《しん》、ちょうだい」とか「ルーズリーフわけて」とかおねだりをされることが多い。

別にケチるものではないし、何も言わずわたしているけれど、今日は何の用だろうとカーテンと窓を開けてベランダに出る。

今日は星の明かりがない真っ暗な夜空の下《もと》、部屋の蛍光灯《けいこうとう》に照らされた隼介を先頭に涼真はうしろの方で立っていた。

「あれ？　隼介？」

今までベランダに隼介がいることはなかったから、変な感じだ。

私がそんな想《おも》いをしているとは少しもわかっていない隼介は、いつもクラスで見るものより数倍の威力《いりょく》はある笑顔《えがお》を私に見せた。

「杏ちゃん、ゴメンね。急に呼び出して」

「ううん、いいけど……めずらしいね、なに？」

「ちょっとお話があって」

「話なら学校でもよかったのに」

「学校で話しちゃほかの子にも聞こえちゃうから。杏ちゃんだけに言いたかったんだ」

満開の笑顔でそんなことを言われると、つい意識してしまう。

しかも、隼介のうしろにいる涼真はつまらなさそうに私たちのやり取りを見て、あくびまでしている。

「隼介、早く終わらせろよ」

「わかってるって、兄ちゃん急《せ》かさないでよ。あのね、杏ちゃん明日《あした》って時間ある？」

「明日《あした》……うん、とくに出かける用事もないけど」

私がそう言うと、笑顔だった顔からさらに花が咲《さ》いたようなかがやきのある表情に隼介の顔は変わった。

「よかったー。明日、サッカー部の練習試合があるんだけど、俺、それにスタメンで出れることになってね。絶対に杏ちゃんに応援《おうえん》に来てほしくって！」

ベランダから落ちそうな勢いで隼介は前のめりになって私にお願いしてくる。

私はその勢いに驚《おどろ》いて、とっさに手をのばして隼介をかばおうとしたら涼真がTシャツのえりを持って隼介を引き上げた。

「危ない。お前、マジすぎて相手引いてるから」

「だって絶対に来てほしいから。俺のカッコいい姿、杏ちゃんに見てほしいし」

隼介から放たれる言葉にはいちいち熱い想いが入っていて、照れくさくてしょうがない。

「えーっと……そ、そうね……」

後頭部をかいてどうしようかと返事をなやませていると、隼介はさらに話を続ける。

「サッカーはね、実際に見るとテレビで観《み》るよりずっと楽しいよ。大丈夫《だいじょうぶ》！　俺が保証する！　ていうか、俺の活躍《かつやく》を見に来て！　お願い!!」

両手を合わせておがまれて、頭まで下げられている。

隼介の必死な姿に、根負けして苦笑いをしながら私は「わ、わかったから頭を上げて」と返事をするしかなかった。

「本当？　杏ちゃん、本当に来てくれる!?」

「う、うん、行くよ。ただ、ルールはあまり知らないけれど」

「なんだ、アンタ、ルールも知らないの？」

そこで涼真があきれた声で会話に入り込んできた。

ムッとするけれど、それはしょうがない。

だって今まで趣味《しゅみ》のお菓子作りばかりしてきたから、それ以外のことには無関心だし興味がないんだ。

「うー……ルールを知らないのかぁ。でも、大丈夫！　ボール蹴《け》ってゴールするだけのスポーツだから、そんなにくわしくなくても楽しめるから」

「アホ。そんな単純なスポーツじゃないだろ。……たく、しょうがない。俺が一緒に行ってやるよ」

「えっ？　涼真が？」

「なに？　不満？」

ジロッとにらむ涼真に、私は首をブンブンと横に振《ふ》る。

ただ意外だったんだ。

面倒《めんどう》くさいことがきらいな涼真が、こんなことに付き合ってくれるなんて。

「……兄ちゃん、杏ちゃんに手を出すなよ」

「誰《だれ》が出すか。こんな男女」

「ちょっと！　失礼な言葉が聞こえてきたんですけど！」

隼介の牽制《けんせい》とも思える言葉に、デリカシーのない言葉で返す涼真。

怒《おこ》った私とは反対に、安心した顔をした隼介はおもしろそうに笑っていた。

そして明日のかんたんな時間と場所の確認《かくにん》をした後、窓を閉めカーテンも引く。

「……なんだか、変なことになっちゃったな……」

隼介のサッカー部の練習試合に、涼真と二人で応援しに行く。

イケメンの応援を極上《ごくじょう》のイケメンと二人でする。

これ、真美が聞いたら「なんってぜいたくなの！　相良兄弟をひとりじめしてこの罰当《ばちあ》たり！　いつか天罰《てんばつ》がくだるわ！」とか言われそうだ。

「あっ、明日……服は何を着て行こう……。まぁ、応援だし……いつもどおりの動きやすい服でいいか」

しょうがないと言い聞かせ、私は明日のために今夜は早く眠《ねむ》ることにした。

そして翌日の朝。

練習試合が始まるのは午前十時。場所はウチの高校のグラウンドだった。

「あっ、隼介がいる」

指さした先には、部員の人たちと一緒《いっしょ》にストレッチをしている隼介を見つけた。

まだウォーミングアップの時間に来てしまったらしく、応援の人もまばらだ。

結局、今日の服は真美と出かける時によく着るお気に入りのTシャツとデニムパンツにした。

一緒にいる涼真は、ブランドのメンズのブラックのTシャツに白シャツを合わせ、ブラックデニムという大人っぽい服装だ。

子どもっぽい私の服装が、ますます幼く見えてちょっと恥ずかしい。

「それ、わたしに行かなくていいのか？」

涼真が言った「それ」とは、練習試合をするという部員たちのために作った大量のはちみつレモン。

せっかくだし差し入れをしようと思って、朝からかんたんなものを作ってお弁当箱に入れて持ってきた。

「一人だと恥《は》ずかしい……」

「子どもか！　じゃあ作って来なきゃいいじゃん」

「でも、何か協力したかったんだもん！」

「もうー、世話がかかる。ほら、一緒に行ってやるから。行くぞ」

しぶしぶといった具合に涼真は私の肩《かた》を押し、一緒にサッカー部の人たちがいる場所まで行ってくれる。

本当、なんだかんだと言いながら、この人ってかなり面倒見がいいと思う。

お兄ちゃんがいると常にこういう感じなんだろうなって気がして、心があったかいし何より頼《たの》もしい。

そして涼真と一緒にサッカー部に差し入れに行くと、隼介が顔をほころばせて喜んでくれた。

「絶対に最後まで見てくれよ！　途中《とちゅう》で帰るとか無しだから！」

「わかってる、わかってる。だから頑張《がんば》ってね」

そんな私たちのやり取りをクスッと笑いながら涼真は見ている。

そしてウォーミングアップの邪魔《じゃま》にならないように、グラウンドのすみから部員たちをながめていると、部員の親族なのか、家族連れや学校関係者が次々と集まってきた。

「練習試合でも見に来る人、けっこう多いんだね」

「新チームになって初めての練習試合だからな。ＯＢとかも来るんだろうな」

「家族連れも多いんだね。どこの学校でもこうなの？」

「部員の保護者とかは手伝いで駆《か》り出されるからな。そういえば母親もよく来てた」

そこまで話して、（あっ……！）と心の中で叫《さけ》んだ。

私は相良家のお母さんをまだ見たことがない。

多分人には言えない事情があるんだろうと思い、私も聞いたことがなかった。

私のそんな思いが顔に出ていたんだろう。

涼真があきれたため息をつき、私のこめかみ辺りをコツンとげんこつでたたいた。

「その話題にイチイチ気をつかわないでいいから。こっちが疲《つか》れる」

「いや、でも……」

「さびしくないように隼介はアンタに応援《おうえん》を頼んだんじゃないの？　母親の代わりとまでは言わないけど、アイツのことを思うなら精一杯《せいいっぱい》応援してあげてよ」

そろそろ試合が始まる時間になり、サッカーコートに集まってきた部員たちを涼真は見つめる。

その先にはもちろん隼介の姿がある。

その顔は本気でりりしくて、真剣《しんけん》な表情をした隼介がいた。

すごく、すごくカッコいいと思う。

だから、私はちゃんと隼介のもとにまで届くように、思い切り息をすい込み、大きな口を開け叫んだ。

「隼介ー!!　頑張れー!!」

私の声はエコーがかかるくらい大きな声となり、グラウンド中に響《ひび》いたと思う。

となりで涼真が「うるさ……」と小言を言ったくらいだ。

12

その声に気付いた隼介は目を大きく見開きかがやかせて、手を振ってくれた。

「あっ！　隼介が手を振ってる！　ほら、涼真もやって！」

「はぁ？　誰がするか！　恥ずかしい！」

恥ずかしがっている涼真を無理矢理《むりやり》巻き込み、手を振り返す私たち。

そんなやり取りをしていると、試合開始を知らせるホイッスルが鳴り響いた。

隼介のチームからキックオフになり、フォワードというポジションの隼介は果敢《かかん》に相手チームのコートへと走り出す。

それぞれがポジションに立ち、一つのボールを奪《うば》い合い、体がぶつかり合う音も聞こえてくる。

コートの中では部員たちのお互《たが》いをフォローしあう声があちらこちらから飛んでくる。

それに負けないくらい、OBや保護者たちの応援も気合いが入っていて熱い。

私は初めて見るサッカーの試合の応援というものに、軽く圧倒《あっとう》されていた。

「す、すごいね……練習試合でもこんな感じだなんて……大会とかもっとすごいの？」

「あぁ、こんなもんじゃないな。もっと本能的に感情を爆発《ばくはつ》させている感じに近いかも」

「へー……みんな、熱いねぇ」

「なにそれ、アンタも同じ高校生でしょ。冷めてるね」

「涼真こそ」

コートの中にいる部員たちと温度差がありまくりな私たち二人。

それでも、そんな私でも初めて見るサッカーの試合は手に汗《あせ》をにぎるものだった。

壮絶《そうぜつ》なボールの奪い合いの後、競《せ》り勝った隼介がシュートをしてゴールが決まった。

「うわっ！　隼介決めた!!」

「……うまくなったな、アイツ」

隼介はチームメイトと点数が入ったことを喜び合ったあと、私たちの方を向く。

満面の笑《え》みで人差し指をたて、私たちの方に点数が入ったことをアピールする。

「隼介、すごい！」

できるだけ大きく声を出し、隼介に届くようにエールを送る。

となりで涼真からは「ふうん」と満足気な声が聞こえてきた。

それからは相手の選手にパスカットをされたら一緒にくやしんだり、ドリブルで相手のコートに攻《せ》め入る時は前のめりで応援したり、一つ一つのシーンに私はもう無我夢中《むがむちゅう》になってエールを送った。

そして前半戦が終わり、ハーフタイムになる。

必死に熱くなって応援していた私は、コートにいる部員と同じくらいの汗をかいていた。

「すっごい汗」

あきれたように笑うと涼真は持っていたカバンの中からあるものを取り出し、私の頭の上にふわりと乗せた。

それをつかむとそれはスポーツタオルで、涼真がタオルを頭にかぶせたんだとわかった。

そんなものを持っていたことに驚《おどろ》いて、タオルをにぎりしめて涼真を見上げる。

「こんなのいつのまに用意していたの？」

「隼介、汗っかきだからタオルが足りなかったらわたそうと思って。まさか女のアンタにわたすことになるとは思わなかったけれど」

「そ、それはすみませんね……」

汗っかきの女なんて汗臭《あせくさ》いし、ありえないとか思われただろうか。

でも、ハンドタオル一枚しか持って来てなかった私にとって、スポーツタオルはありがたい。

遠慮《えんりょ》なく使わせてもらうと、タオルのすみに〝涼真〟と刺繍《ししゅう》されていたのを見つけた。

「これ、涼真の？」

「……あぁ、そんなのあった？」

名前の刺繍部分を見せると、笑っていた顔がすぐに切ない顔になる。

これは触《ふ》れてはいけないものだったのだろうか？　と顔の表情を見てみるけれど、涼真がだまってしまったから真意はわからなかった。

そして、無言のまま汗を拭《ふ》き続ける私。

無言に耐《た》えられなくて、つい心の声が言葉に出てしまった。

「涼真はスポーツとかしないの？」

「……特に」

「昔、なにかやってたの？」

「アンタには関係ないだろ」

「いや、でもさ、こういうタオル持っているくらいだから、やってたんじゃないの？　これけっこう使い込んでない？　ほら、ここ……」

「うるさいな。使ったんなら返せ。アンタにあげるためにわたしたんじゃないから」

少しほつれていたところを見せようとしたら、強引《ごういん》にタオルを取り上げられた。

でも、それはいつもの涼真の態度だと思って特に気にしないで私は会話を続けたんだ。

「隼介ってスポーツ大好きじゃない？　弟ってお兄ちゃんの影響《えいきょう》でそういうの始めるから涼真も好きなのかと思ってた」

「……別に」

「あっ、そうだ。今度球技大会あるじゃん。涼真、それに出てみれば？　きっと楽しい……」

「俺が球技大会に出ようが出まいが、アンタには関係ないだろ。アンタは隼介だけ応援してればいいんだよ」

言葉をさえぎられて頭をグイッと前の隼介の方に無理矢理押し出される。

その行動にさすがの私も頭の中でぶちっとガマンの糸が切れ、強い瞳《ひとみ》を涼真にぶつける。

「でもさ、涼真っていつも隼介のことばっかりじゃん。たまには自分が楽しいって思えることもやってみたら？　いつまでもそんな冷めた態度だったら一緒《いっしょ》に応援《おうえん》しても楽しくないよ！　涼真がそんなんだから、お母さんも応援に来ないんじゃないの⁉」

隼介のサッカーの試合を見て、たかぶった気持ちのままだったから、その熱さを涼真にぶつけてしまった。

言った瞬間《しゅんかん》に後悔《こうかい》の大波に襲《おそ》われる。

だって、そこには涼真がとても冷ややかな目で私を見下ろしていたからだ。

「アンタに母親のなにがわかるんだよ」

「ご、ごめ……」

「もういい、先に帰る。帰りは隼介に送ってもらって」

私のあやまっている言葉を最後まで聞かないまま、涼真は一度も私を見ることなくグラウンドから去って行く。

両手を口でおおい、後悔をしてももう遅《おそ》い。

私は呆然《ぼうぜん》と去って行く涼真の後ろ姿を目で追いながら、後半戦を知らせるホイッスルをどこか遠いところで鳴っているような感覚で感じ、その場に立ちつくしていた。

涼真とサッカー

「試合終了《しゅうりょう》ー!!」

涼真が帰ってからまるで抜《ぬ》け殻《がら》みたいに立ったまま、私は後半戦を観戦していた。

すると、気付けばホイッスルは鳴り、試合は終了していた。

結果は三対一で私たちの高校が勝った。

ほこらしげに勝ちを喜んでいるサッカー部の部員たちを見ると、こちらを見ている隼介と目が合う。

大きく手を振《ふ》って満面の笑《え》みを送ってくる隼介に何とか応《こた》え、あわてて私も手を振り返した。

そして、こちらを見ている隼介が不思議な顔をして首をかたむけている。

その理由はすぐにわかった。

だって来た時からずっと一緒だった涼真が突然《とつぜん》いなくなったのだから。

そのことを練習試合の帰り道、隼介に全《すべ》て話した。

昼間のさわやかな空の下でしゃべるような話ではないと思う。

でも、だまっているわけにはいかなくて全部話したんだ。

そして話し終えた後、隼介は苦い顔をして鼻の頭をかいていた。

「実は……兄ちゃん、中学までサッカーやってたんだよ。でも、試合中のケガでサッカーやめちゃって。それからはまったくスポーツをしなくなったんだよな」

「えっ……！」

それは歩いていた足が止まってしまうくらいのおどろきだった。

まさか涼真がケガをしてサッカーをやめていたなんて思いもしなかった。

てっきり面倒《めんどう》くさがり屋な性格上、興味がないだけなんだろうと思っていたからだ。

「あの時の落ち込みようはひどくてね。学校も休みがちになるし、それまで全然反抗期《はんこうき》なんかなかったのに、急に母ちゃんに反抗するようになったりして」

隼介は苦い顔をしながら、当時のことを思い出すようにしゃべりだした。

「俺も、兄ちゃんにあこがれてサッカー始めたから、できればもう一度一緒にピッチに立ちたかったけど、肝心《かんじん》の兄ちゃん本人が投げやりになっていたから、じっくり話す機会もなくて」

「……そうだったんだ」

開いた口がふさがらないくらいの衝撃《しょうげき》だ。

あの大人びた涼真にそんな過去があったなんて……。


「じゃあ、あのタオルもその時に使っていたものなのかな？」

「タオル？　兄ちゃん、そんなの持ってた？」

「うん、水色のスポーツタオル」

「あっ、それ俺とおそろいのやつ。昔、母ちゃんが名前を刺繍《ししゅう》してくれたんだよ」

そう言うと、隼介は首にかけている緑色のスポーツタオルを私に見せる。

たしかによく見ると、涼真とは色ちがいで同じスポーツブランドのタオルだった。

そこには、〝隼介〟とタオルのはしに名前が刺繍されている。

「あのタオル、そんなに大切なものだったの？」

お母さんとの大切な思い出のもので自分の汗《あせ》を拭《ふ》いたとなると、申し訳なく思う。

「コレももちろんそうなんだけど……兄ちゃん、いつもカバンにボロボロのお守りつけているの知ってる？　あれ、母ちゃんが〝ケガが早く治りますように〟って兄ちゃんにあげたお守りなんだよね」

隼介の寂《さび》しそうな言い方に、心臓がドキッとする。

「母ちゃんがまだ生きていた時、いつかまた涼真がサッカーしてくれたらいいなってよく言ってたんだ」

「えっ？　生きていた？」

「うん……杏ちゃんには言ったことなかったけど、ウチ、母ちゃんがいないの。去年の夏に病気で亡《な》くなったんだ」

その話を聞いて、絶句した。

お母さんを見たことがないからワケありな家庭なのかなとは感じていたけれど、まさか亡くなっているなんて考えたこともなかった。

そして、そのお守りは私もよく知っている。

入学式の時、初めて一緒《いっしょ》に登校した時に見たあのお守りだ。

それからも一緒に登下校をする度《たび》にお守りの存在に気付いてはいたけれど、なんとなく気軽に触《ふ》れちゃいけない気がして、いつも見て見ぬふりをしていたんだ。

まさかあのお守りにそこまでの大切な想《おも》いがこもっているとは、思いもしなかった。

私たちより年上とはいえ、涼真だってまだ高校生なんだ。

そして隼介も切ない横顔を私に見せている。

それは見ているこっちも苦しくなるくらいさびしそうな表情で……

「ぜ、全然気付かなくて……そんなこと言わせちゃってゴメン……!」

「いや、俺たちがなんにも言わなかったんだから知らなくて当たり前だよ。こっちこそ気をつかわせちゃってゴメン」

「私……涼真にとってもひどいことを言ってしまったかも……だから、先に帰っちゃって……」

「だからケンカになっちゃったんだね。一緒にいたのに先に帰るなんておかしいなーと思ってたんだよね」

私が暗い顔を見せると、この場を明るくしようと隼介はひときわ明るいトーンで声を返してくれる。

でも、私のテンションは戻《もど》らぬまま、母親のこともそのまま話した。

「うーん……兄ちゃんに母ちゃんのことを言ったのはマズかったかも。兄ちゃんさ、母ちゃんが病気で亡くなる前にすっげーケンカして。それこそ何日も口も利《き》かないような大ゲンカ。それで仲直りができないままお別れになっちゃったからさ」

隼介は言いながら、切なそうな表情になって後頭部を手でかきだした。

「兄ちゃん、今でもすごく悔《く》やんでる。だから、口では何ともない振《ふ》りしていても、家族の中では母ちゃんに対しての思いは一番強いと思う」

まさかこんな事情がこの二人にあっただなんて信じられなくて、私は口を両手でおおい、顔面蒼白《そうはく》になってなんとかあやまる方法はないか考えをめぐらせる。

だけど、涼真のことを何も知らない私にいい考えなんて浮《う》かぶわけがなかった。

「どうしよう……絶対に涼真、気分悪くしてるよね」

「大丈夫《だいじょうぶ》だよ。兄ちゃんならそこまで怒《おこ》ってないって」

「でも、絶対にいい気はしてないよ。まだ出会って浅い関係の私にお母さんのことを言われるなんて、かなりいやな気分になったと思う……」

涼真は顔は抜群《ばつぐん》にいいだけで態度も口も悪いし、私からすれば相性《あいしょう》が悪い相手で決して好きなタイプじゃない。

それでも、相手のプライバシーに図々《ずうずう》しく入り込み、嫌悪感《けんおかん》を持たせたのだとしたらあやまらなければならないと思う。

「ねぇ、涼真って」

「杏ちゃん、さっきから兄ちゃんのことばかりだよね？　俺のことは？　今日は俺の試合を観《み》に来てくれたんじゃないの？」

涼真にあやまりに行きたいことを伝えようと思ったら、隼介がすねた顔で私を見ていた。

その視線の強さに、伝えたかった言葉はのどまで出かかったけれど飲み込んでしまう。

「あっ、も、もちろん観てたよ……」

「それうそだよね。前半戦は応援《おうえん》してくれてたけど、兄ちゃんが帰った後の後半戦はお人形さんみたいにぼうっと突《つ》っ立ってただけだった」

ギクッとバツが悪くなり、肩《かた》が上がる。

隼介の言った通りだ。

私は涼真が帰った後、怒りながら帰ってしまった涼真が気がかりで試合に全く集中していなかった。

そんな私を隼介はちゃんと見ていたんだ。

「ご、ごめん……」

私は自分の行動を素直《すなお》に認めてあやまる。

すると、隼介が私の左手をギュッとつないできた。

「わっ……」

つないできた手はとても熱い。

そして隼介の真っ直《す》ぐな瞳《ひとみ》も同じくらいだ。

「杏ちゃんさ、兄ちゃんのことそんなに気になる？」

「いっ？　いや⁉　そんなわけないじゃん！」

閑静《かんせい》な住宅街に響《ひび》きわたるくらいの大声で私は隼介の問いに答える。

態度でしめしたのに、隼介は納得《なっとく》していない様子だ。

「だって、さっきから兄ちゃんの話ばっかり。俺の活躍《かつやく》の話なんて一切《いっさい》ないんだけど」

「ご、ごめん、ごめんね！　うん、カッコよかった。隼介、カッコよかったよ！」

「本当？」

「うん、本当！」

隼介がカッコよかったのは真実だ。

ただ、涼真とのできごとが衝撃《しょうげき》過ぎて隼介のことが頭の中から飛んでしまっただけ。

私はそう思いたくて、必死に隼介に伝えた。

すると、隼介はニッコリとおひさまのような明るい笑顔《えがお》を私に向けた。

「あはは！　よかったー。やっと杏ちゃんから暗い顔が消えた。いつもの照れてあせっているかわいい顔に戻ってる」

「えっ？　や、やだ。なにそれ……」

「杏ちゃんに暗い表情はにあわないから。まさか兄ちゃんのことでそんなにあせるとは思わなかったけど」

「いや、だってそんな経験してたなんて思ってもなかったし……。私ってばなぐさめるどころか涼真にはいやな気分にさせちゃうし、隼介には辛《つら》い思い出を語らせちゃうし……」

「……杏ちゃん、やっぱり優《やさ》しいなぁ」

「へっ？」

つないできた手をさらにギュッと強くにぎられた。

そして首をかたむけて、青い空をバックに目を細めてほほえむというさわやかさを見せてくるものだから、私の胸の中はどきんという大きな音をたてた。

「そんな杏ちゃんをもっと笑顔にするために、すっごい楽しいところに連れて行ってあげる。明日部活が休みだからデートしよう」

「えぇ！」

「約束ね」

つながれていた左手を、今度は強引《ごういん》に指切りげんまんの手に変えられ、デートの約束をされてしまった……。

いきなりさそわれて驚《おどろ》いたけれど、隼介がこんな私を笑顔にしてくれるというその言葉は、今の私を救ってくれてとても胸に響いた。

だから私はすんなりと約束を交《か》わしたんだ。

「あっ、行先とかあとで連絡《れんらく》するから連絡先の交換《こうかん》しよっか」

「う、うん……」

そう言われてやっと隼介の手から私の左手ははなれ、私のスマホに隼介の電話番号とアドレスが登録された。

初めて男の子の連絡先を手に入れてしまったけれど、少女漫画《まんが》のようなときめきはそこにはなく、ただ（うわー、男の子の連絡先だー）なんて気軽に受け取ってしまった。

それから何を話して帰ったのか覚えていない。

全《すべ》てが強引に進み過ぎて頭の整理が追いつかない。

ただ感じたのは、今日一日で一か月分くらいの感情の波が押し寄せてきたということだけだった……

そして家に帰り、自分の部屋に入るのは一瞬《いっしゅん》ちゅうちょした。

部屋の窓の向こうには涼真がいる。

そこにはカーテンも窓も閉まった涼真の部屋が見えた。

微《かす》かにカーテンのすき間から電気のあかりが見えるから、部屋にはいるんだなということがうかがえる。

「まぁ……さっきあんな言い合いをしちゃったから、今までみたいに話せるわけないわよね」

どうして涼真のことでこんなにも戸惑《とまど》うのか、その原因はわからない。

隼介にもつっこまれたんだ。

きっと誰《だれ》が見ても今の私はそうなんだろう。

はぁっと大きなため息をつくと、カバンの中からメッセージを知らせる着信音が鳴った。

カバンの中からスマホを取り出すと、今さっき別れたばかりの隼介からのメッセージアプリのメールが受信されていた。

『今日は応援ありがと！　杏ちゃんが応援してくれたから勝てたよ。杏ちゃんは勝利の女神《めがみ》だね。次も絶対に応援に来てほしい。あと、デートも楽しみにしてるから！』

真っ直ぐすぎる隼介の言葉に返す返事に頭を悩《なや》ませる。

そして目の前には壁《かべ》を作られたみたいにカーテンを引かれた兄の涼真の部屋が見える。

全く真逆な相良兄弟への想《おも》いに、私の胸の中はただただ悩まされ続けていた。

そして翌日、隼介とのデートの日は残念なくもり空になってしまった。

窓を開け、空をながめると雨が降りそうな、なかなかあつい灰色の雲が空をおおっている。

空を見上げていた視線をそのまま前に向けた。

そこは朝だというのに窓どころかカーテンさえも開いていない。

昨日の夜、やっぱり涼真の様子が気になって何度かカーテンを開け、涼真の部屋をのぞいた私。

私が起きていた夜中の一時までは部屋のあかりはついていて、机に向かっている涼真の影《かげ》をこの目で見ることはできた。

「受験勉強かな……。涼真、受験生だもんね」

ベランダの縁《ふち》に両腕《りょううで》を組んでおき、そこに口元を当てながらひとり言をつぶやく。

お母さんの代わりにお家《うち》のことをして、弟の隼介の面倒《めんどう》を見て、自分も受験生だから受験勉強を頑張《がんば》って……


涼真の心が休まる時間っていったいいつなんだろう。

それにちゃんと自分が楽しいって感じられる時間はあるのかな？

こんなの、よけいなおせっかいと思われてもしょうがないと思う。

でも、私、昨日からこんなことばかり考えているんだ。

結局涼真の姿は私が家を出るまで見ることはできなくて、なんだかモヤモヤした気持ちのまま隼介が待っている私の家の前まで出ることとなった。

「杏ちゃん」

午前十時に私の家の前で待ち合わせをした隼介は、ちゃんと時間通りに家の前で待っていてくれた。

「ごめん、待った？」

ノースリーブのカットソーとデニムパンツというラフな服装だけど、いちおう服装チェックをして家を出たから、遅《おく》れたのかと思っていたんだ。

「全然。おとなりさんってこういう時いいね。家の前が待ち合わせなんてほんと、ラク」

隼介はニコニコとはち切れんばかりの笑顔《えがお》で家から出てくる私を迎《むか》えてくれる。

私もその笑顔につられて笑顔になってしまう。

隼介の笑顔はこのくもり空を吹《ふ》き飛ばしてしまうくらいさわやかだ。

そして二人とも笑顔のまま、一緒《いっしょ》に駅に向かって歩き出した。


「さぁ、行こっか！　今から向かったら試合開始の時間にはちょうどいいはず」

「私、プロのサッカーの試合の観戦なんて初めてだよ」

「すっげー面白《おもしろ》いよ！　昨日の俺たちの試合なんてくらべものにならないくらいなんていうか……とにかくすごいから!!」

隼介らしいアバウトな説明に自然と笑い声が出てしまう。

正直、昨日隼介から「明日のデート、サッカーの試合のチケットがあるから一緒に観《み》に行こう！」と言われた時は（またサッカーか）と気のりはしなかったけれど、隼介がこんなにも楽しみにしている様子を見たら、それも悪くないなという気持ちになった。

でも、私にはやっぱり気がかりなことがある。

それがどうしても頭から離《はな》れない。

「あの……隼介。これ、サッカーのチケット、私が一緒に行ってもよかったの？　その、涼真と一緒に行きたかったんじゃない？」

おそるおそる隼介に涼真のことを聞いてみる。

すると思いのほか、あっさりとした表情で隼介は返事をくれた。

「あぁ、いいよ。兄ちゃん、サッカーをやめてから試合も観戦しないし、テレビの試合さえも観ないから」

「えっ、でも昨日は私と一緒に……」

「そう、だからすごく意外だった。兄ちゃんが試合を観に来るなんて、やめてから初めてだよ。よっぽど杏ちゃんのことが心配だったんだと思う」

その言葉を聞いて、胸がぎゅうっとしめつけられるような感覚になった。

昨日の観戦は、一人で行く私のことが心配で一緒に来てくれたんだろうか。

本当、面倒見《めんどうみ》が良すぎるというか、心配性《しんぱいしょう》というか……

「俺としては兄ちゃんで安心したよ。ほかの男ならヤキモチやくけど、兄ちゃんなら安心だし。それに、なによりまた兄ちゃんに俺のサッカーを見てもらえてうれしかったしね」

空は今にも雨が降り出しそうな暗い色をしているのに、今の隼介の明るい声でそんな空気は一気に晴れやかになる。

昨日、私と涼真が二人で練習試合を観に行ったことは、隼介にとってはとてもうれしいことだったんだと思うと、少しだけ心は救われた。

「うん、涼真もきっと楽しかったと思う。……その前半戦までは。ハーフタイムの時、私とケンカしなきゃもっとよかったよね……ゴメンね」

私一人どんよりとした空気を出すと、隼介が慌《あわ》てて私の前をふさぎ、立ち止まる。

そして両手を振《ふ》り、顔はまゆが下がっていてそれは困った顔をしていた。

「いやいや大丈夫《だいじょうぶ》。昨日も家に帰った時の兄ちゃんの態度もふつうだったし、杏ちゃんのこと何も言ってなかったから。兄ちゃん、怒《おこ》ってないよ。大丈夫、俺が保証する」

隼介は私のことを気づかって、必死に昨日のことをフォローしてくれている。

隼介にもこんな思いをさせて、私ってば本当に自分の気持ち優先でどこまでも失礼なヤツだって自分がいやになってきそうだ。

「それに今日は俺と二人で初めてのデートなんだからさ！　そんな暗い顔しないでよ。今日は最後まで俺が杏ちゃんを笑顔で過ごさせてあげるからね！」

大きな口でやる気いっぱいの笑顔でこんな私に元気の出る言葉をかけてくれる。

もう私は苦い顔を見せず、ちゃんと口角を上げて隼介の言葉にうなずいた。

それから、隼介が連れて来てくれたスタジアムは電車に三十分ほど、バスに十分ほど乗車した場所にあった。

バスを降りたらテレビ中継《ちゅうけい》でよく見る想像以上に大きな競技場がある。

初めて実物を見る私は軽く興奮状態だ。

「ウチ、家族みんなサッカー好きだから試合があれば必ず四人で試合を観に来てたんだ。なつかしいな」

「そうなんだ。いいね、ウチはそんなのないからうらやましいな」

そんな話をしながら隼介はカバンからチケットを出し、二枚あるうちの一枚を私にわたす。

わたされた時、指先をキュッとつかまれて軽く手をつないだようになり、意識はその部分に集中してしまう。

「そういう場所に杏ちゃんと来れたことがうれしいよ。俺、初デートは絶対、好きな子と一緒にサッカーを観に行こうって決めてたんだ」

「……そ、それって私が初めて……とか？」

「もちろん！　兄ちゃんが俺はほれっぽいとか言ってたけど、それはかわいい女の子が好きってだけで本気じゃないから。本気は杏ちゃんだけだからね」

隼介の真っ直《す》ぐな言葉に、顔だけじゃなくって体全体が熱くなる。

まさに全身から湯気が出そうなくらい、熱い。

かわいい女の子が好きってことは、真美のイケメン観察が好きくらいの軽い考えで、隼介の気持ちは涼真が言っていたとおり、本気ってことなんだろうか……

私みたいな女らしくない女の子に惚《ほ》れるなんて……

「隼介、女の子の趣味《しゅみ》悪いよ」

「えっ、どうして？　俺、杏ちゃんの元気なところとか優《やさ》しいところとか、お菓子《かし》作りが上手なところとか大好きなんだけど。それに誰《だれ》に対してもちゃんと強く言い返せるところ、そういうのも強くてステキだなって思うし」

スタジアム内に入場するため、スタッフの人にチケットをわたして半券を受け取りながら、隼介は世間話のように私に伝えてくれる。

私としてはこんな誰もが聞こえている場所で想《おも》いを言われても、恥《は》ずかしいから反応ができないし、なにより困る気持ちの方が大きい。

「しゅ、隼介……声が大きいよ……」

「あっ、ごめん。俺、いつも空気読めないなって兄ちゃんに怒られるんだよね。俺からすれば、兄ちゃんは落ち着きすぎてると思うんだけど」

「あぁ、たしかに。でも、どこのお兄ちゃんもあんな感じなんじゃないの？　いつも隼介のことを見てる感じ」

「うん、だから俺、兄ちゃん大好き。口は悪いけど、結局優しいから」

うん、それはすごくよくわかる。

ぶっきらぼうな物言いと態度でゴカイされることも多いだろうし、私もよく腹が立つこともあるけれど、隼介の言うとおり自分のことより相手のことを優先させる、すごく心が優しい人なんだと思う。

隼介の言葉に首を何度もうなずかせる。

すると、隼介は私の頭にポンッと手を乗せてきた。

「兄ちゃん、いつも杏ちゃんにひどいことを言ってるよね、ゴメンね」

「い、いや、私も結構言い返すし……それはお互《たが》いさまだよ」

頭の上に乗っている意外と大きな隼介の手のひらに驚《おどろ》いて、ドキドキしている緊張《きんちょう》が心臓に直接うったえかけてくるみたいに大きく鳴っている。

そして、隼介はいつも見るさわやかな笑顔《えがお》とは違《ちが》う、男っぽいほほえみを私に向ける。

「兄ちゃんが女の子とあれだけしゃべるのめずらしいんだ。だから、杏ちゃんと兄ちゃんが仲良くなってくれるのはすごくうれしい。でも、彼氏彼女とかって意味じゃないよ？　杏ちゃんの彼氏候補は俺だけだからね」


完璧《かんぺき》な好意の言葉をこれでもかと繰《く》り返し伝えられ、恋愛《れんあい》経験のない今の私にこの話題から逃《に》げる方法なんて一つも持っていない。

だからもう、「うん……」とうなずくしかできなかった。

それに、こんな男らしい雰囲気《ふんいき》を出されては、男の子に免疫《めんえき》なんかない私はもうお地蔵さんみたいに固まってしまう。


そんな私を満足そうに見つめ、「よし、席を探しに行こう！」と意気揚々《いきようよう》とスタジアム内を歩き始める隼介は私の手をつないで急いで歩く。

男子と手をつなぐなんてなれていない私。

強引《ごういん》にギュッとつかまれた手は、今すぐにでも汗《あせ》をかいちゃいそうだ。

試合開始前のスタジアム内は、あちらこちらにチームのサポーターの集団ができていて、スムーズに歩くことさえむずかしい。

チームカラーの真っ赤なユニフォームを着ている人がたくさんいたり、応援《おうえん》グッズの旗や細長い色とりどりの風船があったりと、まるでお祭り騒《さわ》ぎ。

だから、隼介が私をかばうように歩いてくれるのがすごく頼《たの》もしくて、胸の中で心臓はドキドキしていた。

そして、隼介はスタジアム内のショップの前で足を止めた。

「杏ちゃん、メガホン買う？　あっ、フェイスシールも売ってる！　これほっぺたに張り合いっこしよ」

「えぇ！　こんなの貼《は》ってたら帰り道、目立つよ⁉」

「大丈夫《だいじょうぶ》、大丈夫！　二人一緒《いっしょ》なら恥ずかしくないって！」

強引に張り付けられた隼介が応援するチームのフェイスシールは、真っ赤な長方形にサッカーボールを蹴《け》り上げているマスコットキャラクターのイラストが描《えが》かれている。

たしかに二人なら恥ずかしさも半分こだ。

それに、フェイスシールを貼った隼介の心から喜んではしゃぐ姿を見ていると、こういう時くらい何もかも忘れて弾《はじ》けてみてもいいのかもしれないと思えてくる。

「もう、しょうがないなぁ。今だけね」

「やったね。杏ちゃん、やっぱり優しいから好きだなー」

どさくさ紛《まぎ》れに告白された言葉にはもう笑い返すしかない。

気付けば私には大きな口を開けて笑う笑顔が戻《もど》っていた。


そしてチケットに書かれていた席番号を見つけると、二人でそこに座り、試合開始間近の雰囲気になると隼介の興奮はマックスになってくる。

私もその勢いにつられるようにワクワクが止まらなくて、メガホンやつい買ってしまったサポータータオルを首に巻いたりと準備万端《ばんたん》だ。

「ほら、杏ちゃん！　試合開始のホイッスルが鳴ったよ！」

「うん！」

「杏ちゃんは勝利の女神《めがみ》なんだからいっぱい応援してくれよ！」

「えっ、えぇ⁉ で、できるだけ頑張《がんば》る……」

「アハハ！」

こっちを見て笑う笑顔は大輪の花が咲《さ》いたみたいに元気がよく、すごくステキだ。

そう思えるし心にも明るさをくれるけれど、恋《こい》でよく表現されるときめきがあるのか？ と聞かれたら、私にはまだ恋愛というものはやっぱりよくわからないな……と、それだけはしみじみと感じた。

そして夢中になって応援した試合は、隼介が応援するチームが二対一という接戦で勝ち、無事試合は終了《しゅうりょう》した。

もちろん隼介はご満悦《まんえつ》な顔をしていて、ずっとホクホクとした笑顔だ。

スタジアムを出た後もテンションはずっと高く、今にも走り出しそうなくらい。

「あー、あんないい試合見たら、俺もサッカーしたくなってきたー」

「あはは！ 隼介らしいね。部活がお休みなのにまだサッカーしたいの？」

夕日が沈《しず》みかけた空を見上げ両腕《りょううで》を上げた隼介は、満足感たっぷりに空に向かって大声を出していた。

「うん、もう小さい頃《ころ》からサッカー大好きだから、俺。昔、スタジアムの横に大きい芝生《しばふ》の広場があってさ。そこに家族でよくお弁当を持って来たなー。朝から暗くなるまでずっと兄ちゃんと父ちゃんと三人でボールを蹴っていて、母ちゃんがそれをずっと見ていてね」

家族の思い出話をする隼介の横顔は、さっきとは打って変わってまるで別人のようにさびしそうに見えた。

そんな横顔を見せられたら、胸の奥がキュッとしぼられるように苦しい。

いつも笑顔の隼介が見せるもう一つの顔は、背中を押して応援してあげたくなる……

そんな切ない顔をしている。

「そっか……お弁当はお母さんが作ってくれてたの？」

「もちろん！　母ちゃんが作るハンバーグがめっちゃくちゃうまくてね。俺も兄ちゃんも大好物」

大好きな食べ物の話をすると、隼介の顔はまたかがやきを取り戻す。

そして私はこの前、お母さんが作ったから揚《あ》げを差し入れに行った時、涼真が「俺はハンバーグ派」だと言っていたことを思い出した。

それは、きっとお母さんとの思い出の料理だからだろうな。

やっぱりおいしいものは人を幸せにする力があるんだ。

隼介が私を気に入ってくれたのも、きっとおいしいお菓子《かし》を作れて彼をうれしい気持ちにさせてあげることができるからだろう。

……涼真は、どうかな？

甘いお菓子がダメならお母さんの思い出の味を食べて、それで少しでも幸せと感じてくれるかな？

お母さんを思い出すとき、辛《つら》さや後悔《こうかい》だけじゃなく、もっと楽しかったことや幸せな気持ちを思い出してもらいたい。

「ねぇ、隼介。私、そのお弁当を作っちゃダメかな？」

「えっ！　杏ちゃん、お弁当まで作ってくれるの!?」

よろこぶ隼介の顔を見ると、言い出したもののプレッシャーがものすごくかかってくる。

でも、言い出してしまったのだからいまさら逃《に》げられない。

それに、これをきっかけに涼真ともう一度ふつうに話し合えるような関係に戻りたいと、私の心がうったえているんだ。

「全く同じものを作れるとは限らないけれど、でも、レシピサイトで作り方を検索《けんさく》すればハンバーグくらいは作れるし……それに、涼真ともギクシャクしたままだから、謝罪の意味も込めてお弁当を作ろうかなって」

「えぇー！　兄ちゃんだけズルいんだけど！　仲直りしてくれるのはうれしいけど、兄ちゃんだけ杏ちゃんの手作り弁当食べられるのはズルいなぁ」

「つ、作るから！　隼介の分も作るから！　月曜の朝、ちゃんとわたしに行くから！　だから、待ってて!!」

「本当？　俺のも作ってくれる？」

「も、もちろん！」

「それならいいよ。やったね、杏ちゃんの手作り弁当だ」

ホッとして脱力感《だつりょく》が私を襲《おそ》う。

こういう時、兄である涼真の大変さが身にしみて感じる。

「じゃあ、できるだけ具体的にどんなハンバーグだったか教えて。それを参考に材料を買いに行くから」

「了解《りょうかい》ー。俺も一緒《いっしょ》に買いに行くね。荷物持ちが必要でしょ」

隼介のありがたい申し出にお礼を言い、はしゃぐ隼介と二人でスーパーへと向かった。

思い出のお弁当と初めての想い

そして私たちは家の近くの駅まで帰って来て、それから駅近くのショッピングモールへと向かった。

モール内にあるスーパーの中を二人で歩きながら、隼介とお母さんのハンバーグの味のことについて話し合う。

「えっとー、母ちゃんのハンバーグは肉がいっぱい入ってて……」

「……隼介、ハンバーグはだいたいお肉ばっかりだよ……」

「そっか！　あっ、冷めててもおいしくてボリュームもあって……」

「うん、お弁当だから冷めてるよね。それにハンバーグはボリュームある料理だから当たり前だよ。隼介、真剣《しんけん》に思い出して？」

「お、思い出してるってー！　そんなに冷たい反応しなくても……うーんと……そうだなぁ……あっ！　アレ！」

「なになに？」

「母ちゃんのハンバーグ、いつもサッカーボールの形をしてたな。ハンバーグが丸くてチーズで白い部分をカットして貼《は》り付けてた」

「それだ！」

涼真たち家族の思い出の共通点はサッカー。

そのサッカーボールをハンバーグで作っていたなんて、彼らのお母さんらしいと胸が温かくなった。

私でさえもこう思うのだから、それを見た涼真はもっとその時の楽しかったことやうれしかったことを思い出してくれるはず。

そう考えた私の行動はそれからは早かった。

二人へのプレゼントだから、お金はもちろん私がはらった。

涼真にはいやな思いをさせたおわび、隼介には今日のサッカーのチケット代のお礼。

でもスーパーの袋《ふくろ》は隼介が持ってくれて、笑顔《えがお》を向けられたから私も笑みを返す。

すると、さらにニコッと笑った隼介がほほを赤くしながら明るい声を出した。

「なんだかこんなことをしてると、本当に付き合ってるみたいだよね。俺たち、恋人《こいびと》同士に見えるかな？」

「ちょ……そ、それはないんじゃない!? せめて、文化祭の買い出しとかだと思うけど!?」

「えぇ～、杏ちゃん夢がない～」

「隼介は夢を見すぎだわ！」

そんな会話をしながらショッピングモール内のスーパーを出て、私たちの家がある住宅街へと向かう道を二人でしゃべりながら歩く。

だいだい色の夕日は二人の影《かげ》を長く伸《の》ばしていて、影同士は手をつなぎ合っているように見える。

それを発見しちゃって少しこそばゆい気持ちになって視線を先に向けると、私たちと同じように二人分の男女の長い影が歩道に伸びていた。

「あっ」

隼介が知った人を見つけたような、ハッキリとした声を出した。

そして私の目もそこにバッチリと当てはまる。

笑っていた目元は、まん丸く大きく見開いた。

「兄ちゃん!!」

隼介は私服の兄の涼真を見つけてうれしそうに大きく声を出し、私の手を取りかけだした。

いつもの私なら、ここで「うわっ」といやそうな声を出していたと思う。

でも、今は声を出せなかった。

その理由は、涼真のとなりには涼真と同じくらいの年頃《としごろ》の女子が立っていたからだ。


しかもものすごく美人……

オシャレなファッション雑誌から飛び出してきたみたいな、髪《かみ》からくつまで全身流行《はや》りの服装で、メイクも完璧《かんぺき》だ。

すっぴんでシンプルな服装の私とはまるで正反対な人。

その人と目が合うと、まっすぐ見られなくて、思い切り目をそらしてしまった。

この人、もしかして涼真の……

「もしかして兄ちゃんの彼女？」

涼真たちの前に着くと、開口一番に隼介が私が今心の中で思った疑問をストレートに言葉にしてくれた。

すぐにざわつく私の胸の中は、自分でも不思議なくらい複雑だ。

すると、涼真の大きなため息が聞こえてきた。

「アホ、ちがう。クラスメイト」

「えー、私は彼女でもいいけどなー」

「よけいなことを言うな。ややこしくなる」

女子の先輩《せんぱい》はざんねんそうに言うと、涼真は強めの声で否定はした。

でも、どっからどう見ても、二人で歩いている姿は彼氏彼女そのものだ。

しかも美男美女でとてもおにあいで、それを自覚するとさらに胸の中はざわざわと忙《せわ》しくなっていく。

「弟くん？　……と、彼女？」

先輩の視線はつなぎ合ったままの手に向いている。

だから、この先輩は私たちをそうかんちがいしたんだろう。

私は大慌《おおあわ》てですぐに手をはなした。

「えっ⁉　俺たち恋人同士に見える？　やったね！」

「ち、ちがいます……！」

「そうなんだー。仲良く手をつないでいるから、てっきり付き合っているのかと思っちゃった。ねぇ？　涼真くんもそんなふうに見えたよね？」

女子の先輩は甘えた声で涼真の名前を呼ぶと、腕《うで》に手をそえて服をツンツンッと引っぱっている。

なんだか彼氏に甘えている彼女みたいで、目のやり場に困った……

「あの、か、帰ります……！」

「わっ！　杏ちゃん！」

勝手に赤くなっていく顔をかくしたくて、今度は私から強引《ごういん》に隼介の手を引っぱり、家に向かってその場から走り出した。

「ちょっと……！」

うしろから涼真が私たちを呼ぶ声がしたけれど、ふり返らずそのまま突《つ》っ走る。

「兄ちゃん～、また家でね～」

私の駆《か》け足に軽々付いて来る隼介が、涼真に向かって声を出して手を振《ふ》っていた。

そしてそのまま到着《とうちゃく》したお互《たが》いの家の前。

ここまでずっと走ってきたから、私は息切れをしていた。

「杏ちゃん、大丈夫《だいじょうぶ》？　ビックリしたよねー、あの兄ちゃんが女の人と一緒《いっしょ》にいるなんて」

隼介はこれくらいの距離《きょり》を走っても何ともないみたいで、息は全くみだれていない。

私だけ、心臓も息も乱れっぱなしだ。

だからそれを理由に無言のまま、首をうなずけた。

「明日、ちゃんとわたせるといいね」

そう言いながら、隼介は持っていてくれたハンバーグの材料が入ったスーパーの袋を私にわたす。

「俺もめちゃくちゃ楽しみにしてるから！」

隼介のうしろには、大きな夕日が見えるけれど隼介自身は昼間の太陽みたいな笑顔《えがお》を私に向ける。

私はその笑顔を見て、「うん」とうなずき、そのまま隼介とは別れた。

そしてその日の夜、明日の朝は早く起きて涼真たちにお弁当を作らなくちゃいけないのに、なかなか寝《ね》つけなかった。

今日一日色んなことがありすぎて、頭の中がずっといそがしい。

私の人生で初めて男の子とデートというイベントがあって、それは時間を忘れるくらいものすごく楽しかった。

そして相良家の大切な思い出の話を聞いて、涼真にいやな思いをさせてしまったから、ごめんなさいのかわりにお弁当作りを宣言して……

そして、あの涼真が女の人と二人きりで歩いていて……

「あっちもデートの帰りとか……そんなのだったのかなぁ」

別に付き合っていなくても、彼氏彼女がいない人が隼介と私みたいに二人で出かけることだってある。

相手が涼真のことを好きだったら、それはデートとよべるんじゃないのかな。

「あれはどう見ても向こうが涼真のことを好きっぽかったよね……」

甘えた声を出して涼真の名前を呼んで、涼真の服を引っぱる指先はかわいいピンク色のネイルをぬっていた。

「……そういう女の子に興味がないようなことを言っておきながら、しっかりゲットしてるんじゃん」

隼介とまだ一緒に登下校をしていた時、化粧《けしょう》がこくて香水《こうすい》くさい女子は信用できないみたいなことを言っていたのに、まさにそれに当てはまる女の子の相手をしていたことに、なぜかイライラする私。

そのイライラをどうにか発散させたくてカーテンを開け、明かりがついている涼真の部屋に向かって「ばーか！」と口パクで言葉を送った。

イライラした気持ちは一晩寝たらスッキリとしたみたいで、私は午前五時にセットしておいた目覚まし時計の音で勢いよく起き上がり、一階にあるキッチンに向かった。

お母さんには昨日のうちに、今日はお弁当を持って行くと言っておいたから朝からキッチンを使うことは伝えてある。

でも、なるべく大きな音を出さずに料理を開始させた。

涼真と隼介の思い出のお話をなるべくくわしく思い出し、再現できるように注意深く料理していく。

たしかサッカーボールの形をしたハンバーグのほかに、甘い卵焼きは星の形をしていて、ハムでバラの形を作ったり、うずら卵には黒ゴマで目や鼻がついたり……とか。

とにかく、二人のお母さんは料理がとてもうまく、いつもこったお弁当を作っていたと言っていて、さすがにそっくりそのまま再現をできるとは思わないけれど、私なりに精一杯《せいいっぱい》頑張《がんば》ったお弁当ができあがった。

こういう時、お菓子《かし》作りで細かな作業をやっていて本当によかったと心から思った。

「ふぅ……。完成」

ついでに自分の分も入れて三つ作って、お弁当箱をキッチンカウンターにならべてみた。

このままSNSにアップできるんじゃないかってくらい、自分では仕上がりは完璧《かんぺき》だと思う。

「……喜んでくれるといいな」

そうひとり言をつぶやいて、次に学校へ行く自分の支度《したく》をする。

ちょうど制服を着たところで、隼介がとなりの家から出る姿が窓から見え、私は慌《あわ》てて一階へと下りた。

そしてお弁当をつかみ取り、隼介が待っている玄関《げんかん》へ向かう。

扉《とびら》を開けると、ジッと立って待っている隼介がいた。

「杏ちゃん、お弁当！」

「し、静かに……！　朝なんだから大きな声出さないで。はい、これ。味も見た目も多分……大丈夫だと思う」

緑色のランチバッグに入れ、隼介にお弁当をわたすとうれしそうに受け取ってくれ、喜んだテンションのまま駅まで隼介は走って行った。

涼真もあれくらい……とまでは言わないけれど、素直《すなお》に受け取ってくれたらいいな、と思う。

「……涼真にもわたさなくちゃ」

一番の問題はそこだと思う。

気まずいままの状態の私たちだから、きっと一緒に登校しても、先週のように会話ができる雰囲気《ふんいき》には絶対にならないと思う。

だから、今日は涼真よりも一本早い電車に乗ろう。

そして降りる駅のホームで涼真を待ち伏《ぶ》せて、無理矢理《むりやり》にでもわたして受け取ってもらうんだ。

「今日はいつもより早く家を出なくちゃ」

家に入り、玄関にあるシューズボックスの置時計を見ると、まだしばらくは時間はある。

私はドキドキと緊張《きんちょう》する心臓をどうにかごまかしながら、朝の支度をまた始めた。

そして、早めに家を出て一人で駅までぽつぽつと歩く。

ほんの少し時間をずらしただけなのに、見渡《みわた》す景色は人が少なくて、一人で歩く道はちょっとさびしい……。

それに、電車だっていつもよりまだ少ない人数だからゆったりと安心して乗れるはずなのに、涼真がいない登校は心細くてしかたがなかった。

そして出勤するサラリーマンや学生たちが多く利用する駅のホームの階段のすぐそばで、私は水色のランチバッグを持ったまま人ごみのじゃまにならないように立っていた。

しばらくすると、いつも乗っている電車がこの駅のホームに停車する。

いっせいに開いた扉のすぐ前に立っていた涼真の姿を、私は一瞬《いっしゅん》で見つけた。

そして降りる乗客たちの群れから見逃《みのが》さないようにしっかりと目で追い、近くまで来た時に名前を呼んだんだ。

「りょ、涼真……!!」

私の声に反応した涼真は一度まばたきをして目を見開き、辺りを見渡すと私の存在を見つけて人ごみをかき分けながらこっちに来てくれた。

「アンタいないから今日、休みなのかと思った」

「これ！　わたしたくて待ちぶせしてた！」

「えっ？」

「お、お弁当……作ったの！　絶対食べてね！　絶対だよ！　あっ、誰《だれ》もいないところで食べてね！　絶対だからね！」

「ちょ……」

「それだけ！　じゃあ！」

驚《おどろ》いている涼真に強引《ごういん》にお弁当をわたし、私は猛《もう》ダッシュで階段を駆《か》け下りる。

危ないと思いながらも、恥ずかしいけれどわたせた満足感で満たされて、その場から走り去る時に、にやけてしまった顔は隠《かく》し切れなかった。

そんな思いのまま私は学校まで一目散に向かった。

昨日のようなくすぶった想《おも》いはだんだんとうすれているように感じる。

それはあんな形でも涼真と話せたせいかもしれない。

これでお弁当を食べてくれたら、もっと会話は増えるかもしれない。

多分、「あんなデコした弁当、男が食べるもんじゃない！」とか怒《おこ》られそうだけど、それでもそんな雰囲気の方が私たちらしいもの。

その時のことを想像していた時、学校の昇降口《しょうこう》までやって来ていた私は見覚えのある女子生徒をくつ箱の前で見つけた。

ちょうど三年生のくつ箱のある場所に入って行くその後ろ姿は、昨日涼真と一緒《いっしょ》にいたあの女子の先輩《せんぱい》だ。


「うっ……。あ、あの人……」

ついひとり言が出てしまうくらい、胸の中に暗く重い気持ちが生まれてくる。

こんなの経験したことがなくって、感じるたびにずっとモヤモヤッとした気持ち悪さが残る。

消化不良なこの気持ちを誰かに聞いてほしくって、私は昼休みに親友の真美をさそい、二人で校内の中庭にあるベンチにやってきた。

「ここ、初めてくるけど、あったかいね〜。ポカポカするー」

「う、うん。そうだね」

「高校に入ったら学食とか購買《こうばい》部にあこがれていたけど、こうしてお弁当を持ってお外でランチもいいよね～」
「そう、だね」
「杏、どうしたの？　そっちからさそって来たのに、歯切れ悪くない？　体調でも悪い？」
「いや、そうじゃないんだけど……」

いざ、真美をさそってみたけれど、今の私の気持ちをどう言葉に表していいかわからず、ずっと第一声はなんて話し出そうか悩《なや》んでしまっている。

だから、昨日のできごとをたとえ話にして、私は真美に打ち明けた。

「た、例えばなんだけど……いつもはね、苦手と言うか……口げんかばっかりしている男の知り合いがいて、その人がすごく美人な女の人と歩いていたの。それを見てね、その……その子はすごく気持ちが悪くていやな気持ちになったの。……これって、なんでだと思う？」

真美はランチバッグを開けるファスナーの音をピタッと止め、そしてまばたきを何回かした後、すぐに返事をくれた。

「それ、どう考えてもヤキモチじゃん」

「へっ……？」

「だーかーら、ヤキモチ。ケンカばっかりしてた男の子だけど、美人な女の子と歩いていたところを見ちゃったら、いやな気持ちになったんでしょ？　そんなの、好意を持っていない相手以外、いやな気持ちになんかなんないよ。どうして私以外の女と歩いてるのよー！　とかそういう感じでしょ？」

それを聞いて、私はピンク色のランチバッグを持ったまま勢いよく立ち上がった。

「ど、ど、どうしてヤキモチなんか……！　そ、それは絶対にないと思う！」

涼真が女の人と歩いていたからって私がヤキモチを妬《や》く？

そんな考え、一ミリも頭になかったから顔を熱く真っ赤にしたまま、私は思い切り反抗《はんこう》してしまった。

すると、真美はニヤリとイジワルな笑顔《えがお》を私に向けた。

「ちょっとちょっと〜。なにその反応。めちゃくちゃ新鮮《しんせん》なんだけど！　もしかして、これ杏の話？　とうとう杏も恋愛《れんあい》に興味を持つようになったの⁉」

「ちがう、ちがうから！」

「ごまかさない、ごまかさない！　相手は誰？　白状しなさい！」

この話題から逃《に》げる私をどんどんと追い詰《つ》めてくる真美。

私はその追及《ついきゅう》に逃げ切ることはできず、とうとう相手は涼真だということを口に出してしまった。

でも、お弁当のことや気まずくなった関係は言っていない。

それだけはプライバシーに関《かか》わることだし、もうやすやすと涼真のことを口にしたくなかったというのが本音だ。

……涼真、今ごろお弁当食べてくれているかな。

ちょっとは喜んでくれているかな。

全部食べてくれたらうれしいな……。

そんな期待と不安は、家に帰るまでずっと心の奥底でグルグルとループしていた。

夜になって自分の部屋でお風呂《ふろ》上がりをゆっくりとすごしていた時だった。

ベッドの上においておいたスマホからメッセージアプリの受信を告げる音がした。

そこには隼介からのメッセージが届いていて、〝杏ちゃん、すごい！〟〝おいしかった！〟

〝最高！〟など、隼介らしい今日のお弁当へのかんたんなほめ言葉がずらりとならんでいた。

「ふふっ。ありがとう……っと。んっ？」

隼介への返事を作成して送信ボタンを押すと、コツンと窓になにかが当たる音がした。

「あっ……」

こんな時間に窓に小さな音を鳴らせて私を呼ぶ人なんて一人しかいない。

私はあせる思いを落ち着けながら、一度深呼吸をして窓に向かう。

そして、カーテンと窓を静かに開けた。

「コンバンハ」

「……こ、こんばんは」

となりの家のベランダには、私の予想通り普段着《ふだんぎ》姿の涼真がベランダの縁《ふち》にほお杖《づえ》をして立っていた。

うぅ……いざ、向き合ってみるとなんだかものすごくこそばゆい感情が体に駆《か》け巡《めぐ》ってくる。

私は真一文字に結んだ口と泳いだ視線のまま、ベランダへと出た。

「……」

「……」

夜の穏《おだ》やかな空気の間に、はり詰めた緊張《きんちょう》と無言の雰囲気《ふんいき》が私たちを襲《おそ》う。

（どうしよう……なにか言わなくちゃ……いや、あやまらなくちゃ！）

と、頭の中では理解しているけれど、なかなか重い口は開かない。

そんな時、二回ほど咳《せき》ばらいをしたあと「えーっと」という涼真の照れくさそうな声が聞こえてきた。

「なんでハンバーグ？」

「へっ？」

「しかも、すっごい気合いの入ったデコ弁。俺、幼稚《ようち》園児《えんじ》じゃないんだけど」

苦い顔のような、でも照れくさそうな感じで涼真は私に問いかけてきた。

私は「えっと、えっと……」と必死に言葉を選んでから、息をのみ、口を開く。

「しゅ、隼介に聞いたの……サッカーボールの形をしたハンバーグ、好きだって。それを持って昔は家族みんなでサッカーをやりによくお出かけしていたって……それで、少しでもお母さんとのいい思い出を思い出してくれたらなと思って……」

「聞いたの？　母親のこと。隼介に」

涼真に核心をつかれて、私はこくっとうなずく。

勝手に聞いて怒《おこ》られるかと思ったけれど、涼真は何も言わなかった。

「私、なんにも知らないのによけいなことズバズバ言っちゃって。なんにも知らないからかんたんに人のこと言っちゃいけないのに……それなのに私、お母さんのことで涼真が悪いみたいなこと言っちゃって……」

「それで、母親の弁当をマネをして作ったってこと？」

「だって私、作ることくらいしかできないから。言葉で伝えようと思っても、絶対にうまくいかないと思ったの」

「ははっ。何やってんの、アンタ」

初めて、ほがらかに優《やさ》しく笑う涼真の笑顔を見た。

私の失敗をからかうような、そんなイジワルな笑顔じゃない。

満面で穏やかな笑みを私に向けている涼真のくしゃっと笑った顔。

その笑顔を見たとたん、私の胸の中は爆弾《ばくだん》が爆発したみたいな大きな音を鳴らせていた。

どっくん、どっくんと鼓膜《こまく》まで響《ひび》いてくるような大きな音は止まらない。

石みたいに固まった私を見て、さらに涼真は「ははっ」と笑っている。

涼真の優しい笑い声一つでおだやかな空気になった今、私は頑張《がんば》って口を開いた。

「無神経なことをいっぱい言って、ごめんなさい」

頭をペコッと下げると、また笑う声が聞こえてくる。

「もういいって。別に怒ってない。こっちも悪かったよ、女のアンタを一人おいて帰ったりして。いちおう、アンタも女だったなって帰ってから気付いたし」

「い、いちおうってどういう意味⁉」

涼真のイジワルな一言に、下げていた頭を思い切り上げ、強い瞳《ひとみ》で怒《いか》りをあらわにした。

そして、よゆうたっぷりに私を見下ろす涼真。

あっ……なんだかこのやり取り、私たちらしい空気が戻《もど》ってきたって感じだ。

「弁当、おいしかった。サンキュ。あの弁当もなつかしかったよ。食いながら昔を思い出した」

私たちらしさが戻ってきたと思ったのに、また涼真の優しく伝えてくれる言葉で心が甘酸《あまず》っぱくなり、顔が熱くなるくらい照れくさくなってしまう。

私は首を左右にぶんぶんと振《ふ》って応《こた》えるだけで精一杯《せいいっぱい》だ。

「隼介とのデート、どうだった？」

「えっ？　き、昨日の？」

「うん、昨日、アイツが帰ってきてから、初めて聞いた。二人で行ってきたんでしょ。サッカー観戦。アイツ、ホントに好きだよね、サッカー。部活で散々やってんのに、休みの日までサッカーだよ」

ため息交じりに言うけれど、どこかほこらしげに話す涼真の顔は兄の顔をしている。

本当は涼真もサッカーにまだ未練があるんじゃないのかな……

そう思った私は、言葉に気を付けながら聞いてみた。

「いつか涼真も一緒《いっしょ》にサッカー観戦行こうね。きっとみんなで行ったら楽しいと思うから」

できるだけ慎重《しんちょう》に選んだ言葉のつもりだったけれど、口下手な私はこれで精一杯。

でも、涼真はニッコリと笑ってくれた。


「そうだな、いつか一緒にね」


いやな対応をされなかった返事に私はホッと一安心した。

もう涼真にサッカーのことを言っても怒らないってわかったから。

「じゃあ昨日は楽しかったんだ、隼介とのデート」

なぜか隼介とのデートを強調してくる涼真の言葉に、私もムキになって答えてしまう。

「デ、デートデートって何回も言わないでよ。そっちこそキレイな人とデート……し、してたじゃない」

「はっ？　俺？」

「そ、そうよ、キレイでオシャレなウチの学校の先輩《せんぱい》と。な、仲良く二人で歩いてたじゃん」

言った後に口をとがらせてすねた顔をしてしまう。

こんなの、真美が言っていたみたいに本当にヤキモチを妬《や》いているみたいだ。

そんな私に涼真は気付かず、後頭部を左手でかくと面倒《めんどう》そうに答えた。

「あの時も言ったけど、あの人はクラスメイトだよ。編入試験でほぼ満点を取った俺に『今度の学力テストでいい点を取れるように勉強を教えて！』と言われて、面倒だからあの日相手しただけ。はい、この答えで満足？」

涼真の答えに開いた口がふさがらない。

勉強？　編入試験がほぼ満点？　学力テスト？　聞きたいことは山積みだ！

「そ、そんなに頭よかったの？　涼真……！」

「アンタ、隼介と一緒で飲み込み悪そうだもんね。今週にある学力テスト、内申点《ないしんてん》に結構響くってウワサだよ？　そろそろちゃんと勉強しなきゃヤバいんじゃない？」

青ざめてあせる私を見る涼真のその顔は、いつものイジワルな顔に戻っている。

でも、私にとってはそんなことよりも学力テストの方がずっと大切だ！

「べ、勉強……！　勉強しなくちゃ！」

「今からでもやらないよりはあがいた方がいいかもね。まぁ、頑張って。俺は隼介の勉強を見に行くから」

「うわっ！　こういう時、兄弟ってズルい！　うらやましい！」

「ほら、しゃべっている時間の方がもったいないよ。アンタには明日から帰りの電車の中で教えてあげるから。じゃあ、また明日の朝ね。オヤスミナサイ」

（えっ？　教えてくれるの？）と驚《おどろ》いていると、涼真は優しい笑《え》みのまま夜のあいさつをして部屋の方へと戻って行った。

なんだ、今のさわやかな表情……

新しい涼真の一面を見てしまったみたいで、高鳴る心臓の音はいまだに止まらない。

でも、今はすっかり忘れていた学力テストの勉強をしなくちゃ！

部屋に戻り、すぐさま机に向かって教科書とノートを開く。

そして涼真の「電車の中で勉強を教えてあげる」という有言実行のおかげで、学力テストはなんとか無事、クリアすることができたんだ。

気付いた本当の気持ち

それから二か月がたった六月後半。

学力テスト同様に、私も隼介も涼真に勉強を教えてもらい、何とか中間テストをクリアした後、球技大会が開催《かいさい》された。

高校で初めての球技大会に、運動は得意ではないけれど雰囲気《ふんいき》を楽しみたい気持ちの方が大きくて、その日をとても楽しみにしていたんだ。

実は、私が楽しみにしていた理由はもう一つあって……

球技大会当日、梅雨《つゆ》の季節にもかかわらず、その日は気持ちのいい晴れの日となった。

私が参加するバレーボールは一回戦であっさりと負けちゃって、真美はソフトボールに参加をしており、まだ試合中だ。

だから私はグラウンドに一人、駆《か》け足で向かって行った。

ここは前に涼真と一緒に隼介のサッカー部の練習試合の応援《おうえん》に来た時と同じコートで、今は三年生のクラス同士のサッカーの試合が行われていた。

グラウンドの周りには全学年の試合に参加していない生徒がたくさん応援に来ている。

私は少しでもグラウンドの近くに行きたくて、そのあいだになんとか入り込んだ。

「……いた」

そして、探していた人を一目で見つけた。

だって、ものすごく目立っていたんだ。

二十人はいるサッカーコートの中を一人、周りとは段違《だんちが》いのレベルでボールを足であやつり、活躍《かつやく》している人がいる。

「涼……」

「きゃー!!　涼真くん、カッコいいー!!」

私が声を出して応援しようとすると、その声なんかかき消されるくらい大きな声援《せいえん》があちらこちらから聞こえてくる。

みんな、今この瞬間《しゅんかん》はコートの中にいる〝8〟の番号のビブスを着けた、涼真を見ているんだ。

球技大会が近づいたある日、涼真は私に球技大会でサッカーに出るって帰りの電車の中で教えてくれた。

「やったことがあるスポーツは？　と委員の人に聞かれてサッカーて答えたら、経験者は参加するようにと強制的に決まったんだよね」

「そ、それでもいいじゃん！　久しぶりにできるんでしょ？　隼介もきっと喜ぶよ！　涼真だってうれしいでしょ？」

そう聞くと、涼真は照れくさそうに笑って答えてくれた。

「多分、もう昔のように動けないと思う」とか言っていたけれど、それでも私はもう一度、涼真がサッカーをしてくれる気になったことがうれしくて喜ばしくてたまらなかったんだ。

そして私のバレーボールの出番が終わり、すぐに駆け付けたサッカーの試合。

もしかしたら涼真自身が言っていたように、動けなくてへばっているかな？　とかイジワルなことを考えていたけれど、そんな考えは涼真の今の姿を見て頭の中からふき飛んだ。

ケガをしてやめたと言っていたけれど、そんなブランクを感じさせないくらい、涼真はコートの中でイキイキと動き回っている。

隼介からも、もちろん涼真からもその実力は聞いたことはなかったけれど、シロウトの私の目から見ても、涼真の実力はほかの男子よりもずっとすごくて、一人で活躍していた。

サッカー部の人もいるはずなのに、その人もボールを持った涼真のスピードを止めることは出来なくて、華麗《かれい》なドリブルさばきで一人二人と抜《ぬ》いて行き、時にはかかとでボールを蹴《け》ると相手の頭上を円を描《えが》いて越《こ》して、そのボールさえも自分で取り、抜き去って行く。

そしてキーパーの前までさっそうと駆けて行くと、パワーのあるシュートがゴールネットにささった。

「キャー！　また涼真くんが決めたよ！」

「すっごくカッコいいー！　サッカー部に入ればいいのに！」

周りからは特に女子の黄色い声援がどこまでも続いて止《や》まない。

でも、当の本人はそんな様子を全く気にするそぶりはなくて、サッカーをチームメイトと真《しん》剣《けん》に、でも楽しそうに向き合っていると、ここから見て感じる。

だって、目がとてもかがやいている。

いつものあからさまに面倒《めんどう》くさい雰囲気ばかりじゃなくって、力強い、とてもかがやいた目をしているように見えるんだ。

「涼真、楽しそう……」

涼真が楽しそうにしていると、私もなぜか同じように楽しい気持ちになり浮《う》かれてしまいそうになる。

もう大きな声を出して応援しようとはしなかったけれど、コートを水を得た魚《うお》のように駆け抜ける涼真を、私は試合が終わる最後までずっと見つめていた。


球技大会でサッカーは、涼真のクラスが優勝した。

惜《お》しくも私と隼介のクラスは二回戦で負けちゃって、涼真との直接対決にはならなかった。

そのくやしさを球技大会が終わってもずっとなげいていたのは、他ならぬ隼介だった。

「あー、くやしい！　兄ちゃんと対決なんてこの先もうないかもしれないのにー！」

「ほんと、そうよねー。どうせならイケメン兄弟の直接対決とか見たかったわよねぇ、杏」

「そ、そんなことない。真美、私にそういうこと聞かないで……！」

「あれ？　私、サッカーでの直接対決って意味だけど？」

「ん～？　なになに？　何の話？」

「隼介には関係ない！」


球技大会の閉会式が終わり、生徒は片づけに追われていた。

私は隼介や真美がいる班と一緒《いっしょ》にグラウンド整備の担当で、主にゴミ拾いをしている。

真美は隼介の私への気持ちも当然気付いているし、二か月前に相談した涼真へのヤキモチの話から、私は涼真に好意を持っていると思っているみたい。

涼真のことを意識し始めている私には、このからかいは恥《は》ずかしくて相当迷惑《めいわく》をしている。

それに隼介にはずっと口酸《くちす》っぱく、「球技大会も応援してね！　応援に来て！」と言われ続けていた。

隼介のチームは私のクラスでもあるから、もちろんしっかりと応援にははげんでいたつもりだ。

「私、集まったゴミ、焼却炉《しょうきゃくろ》に捨ててくるね」

それでも、真美にからかわれ続けたこの空気にいごこちの悪さを感じて、目の前に山のようにあるゴミ袋《ぶくろ》を両手に持ち、焼却炉へと向かうことをみんなに言った。

その時、二つあった一つを誰《だれ》かがひょいっと取り、左手が一気に軽くなった。

「俺も一緒に行く」

それは同じ班の後藤《ごとう》くんという人だ。

たしか隼介と同じサッカー部で、いつも一緒に行動をしている男子。

丸坊主《まるぼうず》に近い短髪《たんぱつ》で背も高く、肌《はだ》も黒く日焼けしているスポーツ男子って感じの子。

「行こうぜ」

後藤くんがあごで行先をさし、私も首をうなずかせた。

「隼介っていつも城崎にはあんな感じ？」

焼却炉にゴミ袋を入れ鉄製の重い扉《とびら》をしめながら、後藤くんが一歩うしろにいる私に声をかけた。

「えっ？　あー……うん、まぁ」

「ふーん。やっぱりつき合ってんの？」

「へぇ!?」

あまりにも直球の質問に、焼却炉に向かっていた足はこけそうになり、すぐ横にあった建物の壁《かべ》にはり付いてしまった。

「やっぱりってなに？　私、隼介とつき合ってなんかないけど！」

「そうなのか？　学力テストの前の日曜日、二人で私服姿で歩いているの駅の近くで見たけど、あれってデートしてたんじゃねーの？」

そう言われて思い出すのは、隼介と二人で行ったサッカー観戦だ。

「たしかに二人で遊びに行ったけど、それだけ！　つき合ってなんかないから！」

「マジ？　じゃあ俺にもチャンスある？」

「はい？」

私にとって、理解できないことを言い出した後藤くん。

隼介のことを言われて真っ赤になっていた顔は、まぬけな顔へと変化していた。

「俺さ、実は城崎のこと、ねらってたんだよな。ほら、ウチでやった初めての練習試合の時、応援《おうえん》に来てくれただろ？　あの時に部のみんなに作ってくれたはちみつレモン。あれ、スッゲーうれしくてさ。そういうのできる女子っていいなーって意識し始めて」

「ちょ……、ちょっと……」

いきなり当時のことを語り出され、それを理解しようと私の頭の中はいっぱいいっぱいだ。

そんな私のことは放置で、後藤くんは熱をこめた瞳《ひとみ》で近づいて来た。

「もし、隼介とつき合っていないなら俺なんかどう？」

「ひぇ……、えっ、えぇ……？」

情けない声を出しながら、どう対応していいかわからなくてパニックになる。

逃《に》げ場のないこの焼却炉でのまさかの展開に、都合よく誰か助けに来てくれないか……！

と神にも祈《いの》る思いで願っていた時だった。

「あっ、ゴメン。通りたいんだけど」

迫《せま》ってきた後藤くんの存在で彼のうしろにいる人に気付かなかった。

でも、聞こえてくる声は、毎日聞き慣れた気だるそうな声だけど、一度聞いたらクセになりそうな甘く低い声の人だ。

「涼……！　両……手がふさがっているから、退《ど》いてあげたら？　後藤くん」

「あっ、そっか、すんません！　じゃ、俺先に行くな！　城崎、考えておいてくれよ！」

目の前に現れた人物の名を、つい声に出して言いそうになってしまった私の苦しい言い分に、後藤くんは納得《なっとく》してくれ先にグラウンドへと帰って行った。

だって、後藤くんのうしろに立っていたのは涼真だったんだもの。

球技大会で汗《あせ》をかいたせいか、サラサラだった髪《かみ》は小さな束を少し作っていていつもの涼真の雰囲気《ふんいき》とはちょっとちがい、スポーツ男子みたいな男らしさが加わったみたい。

「……アンタ、まさか告白されてたの？　おジャマだった？」


実際に、本当に涼真の手には大きなゴミ袋が二つある。

それを重そうに持ちながら、涼真は私の横を通り過ぎていった。

「ち、ちがわない……けど、でも……」

今の現場を見られた照れくささから、私は上手《うま》く返事ができなかった。

すると、涼真は焼却炉にゴミを入れながら私の方を振《ふ》り返る。

「あっ、そう。困ってそうだったから助け舟《ぶね》出してみたけど、まんざらでもなかった？」

「だからちがうってば！　私もいきなりあんなこと言われて驚《おどろ》いたし！」

「告白なんてそんなもんでしょ。まさか、隼介以外にもアンタにそんなこと言う人がいたなんてね。案外、モノ好きも多いもんだな」

「ちょっと！　それひどくない⁉」

勢いよく言い返す私に、のどを鳴らせて笑う涼真は楽しそうだ。

そして私の前まで歩いて来ると、私のオデコに人差し指を当てながら優《やさ》しい笑《え》みをうかべる。

「ウソだって。アンタ、だまっていればかわいいんだから。そんなことを言うヤツがいてもおかしくないと思うよ」

「はっ……⁉」

今日一番の衝撃《しょうげき》をくらった一言かもしれない。

今、涼真、なんて言った？

私のこと、かわいいって言った？

いつも文句しか言わなかったあの涼真が？

くどいくらい、私は自問自答する。

涼真のこの一言は、目の前がグルグルと回転するくらい、私に動揺《どうよう》と混乱をもたらせた。

しかも、涼真はそれを冗談《じょうだん》だと否定しないから、本音……なのかもしれない。

「今日はクラスで打ち上げがあるらしいから一緒《いっしょ》には帰れない。帰り、気を付けてね」

そして涼真は私の後頭部をポンッと軽くたたき、この場から去って行こうとする。

今日一緒に帰れないと聞き、ようやくハッキリと回り出した私の頭の中。

行ってしまいそうな涼真の体操着のすそを私はしっかりとつかみ、涼真は歩くのをやめた。

だって、どうしても確認《かくにん》したいことがあったから。

「だ、大丈夫《だいじょうぶ》なの？」

「何が？」

「だから、ケガ！　サッカーをやめたの、ケガのせいなんでしょ？　あんなにはげしい動きしちゃって大丈夫なの？」

隼介から聞いていたケガのことを話すと涼真は一瞬《いっしゅん》驚《おどろ》いた顔をしたけれど、それでもまたいつものよゆうな表情にもどった。

「あれくらい全然大丈夫。相手、みんなシロウトみたいなもんだったし、リハビリにはちょうどよかった」

「そ、そっか……それならよかった」

ホッと胸をなで下ろし、私は涼真の体操着のすそをつかんでいた手をはなす。

その手の行き場所がどこにもなくて、もじもじさせながら腰《こし》のうしろに回した。

そして、言おうと思っていた言葉をこの場の勢いで口にした。

「サッカー……うまいんだね。アンタにしてはカッコよかった」

恥ずかしさが先に勝ち、涼真の口ぶりをマネて思っていたことを伝えちゃった。

マネをされて怒《おこ》るかと思っていた涼真の顔は、意外な表情を私に見せたんだ。

「当たり前」

そう言う涼真の顔は、疲《つか》れを少しも感じさせないかがやいた満面の笑みだった。

心からうれしそうに、そして満足気に笑った笑顔の涼真を見た。

まるでそれはかくれていた涼真の本当の顔を不意にのぞいてしまったみたいで、私の顔は熱に浮《う》かされていく。

バッと勢いよく下を向き、涼真に顔を見られないようにした。

それなのに私の頭には涼真の大きくてあったかい手が乗せられ、少しの力を入れられてくしゃっとなでられたんだ。

「前にアンタ……杏に言われて、久々にサッカーをやってみようと思った。……俺のこと、観《み》てくれて応援してくれていただろ。ありがとな」

少し乱暴気味に頭をなでられ、そして涼真の手ははなれた。

耳に聞こえてきたのは涼真の初めて私の名を呼ぶ声と、感謝のこもったお礼の言葉。

人に感謝をされてこんなにも胸が高鳴るのは初めてで、泣きそうなくらいうれしい。

一言一句全部思い出しても、涼真に言われた言葉は私の胸に全部響《ひび》いてくる。

それは初めて感じる甘く愛《いと》おしい感情だった。

そんな気持ちはどこまでも上昇《じょうしょう》して熱が止まらず、私はもうふっとう寸前だ。

そんな私の耳に、「あっ」という涼真の一言が聞こえてきた。

「杏の頭を触《さわ》った手、ゴミ袋《ぶくろ》を持っていた手だから結構におうね。ゴメン」

「……えっ？　うわっ！　さ、最悪！　手、洗ってないの⁉」

「そんな時間ないし。大丈夫、アンタ汗っかきだから、汗とゴミのにおいが混じってわかんないって」

「そんなわけないじゃん！　いやー！　もう本当に最悪！　なに考えてんのー！」

「だからあやまってるじゃん」

涼真はイジワルに笑い、私は今度は怒《いか》りで顔を真っ赤にする。

実際においなんてものは全く感じなくて、これは涼真なりの照れ隠《かく》しなんじゃないだろうか

……と、涼真に怒りをぶつけながら感じていた。

そのままさわがしく言い合いながら私たちはお互《たが》いの持ち場に戻《もど》った。

そして、班のみんなよりも少しはなれた場所で私を待っていたのは、さっき私に好意があることを告白してくれた後藤くんだ。

「さっきのことだけど、返事はいつでもいいから考えてくれ」

後藤くんが誠実な言葉をかけてくれる。

私の気持ちの矢印がどこにも向いていないのなら、それはうれしい申し出だったと思う。

でも、今の私は自然に心が（ちがう）とうったえかけてくる。

それも初めて感じる感覚だった。

この人はちがうって、本能が言っている。


「ごめん……私、好きな人がいる」

正確には「好きな人ができた」だけど。

私、涼真のことを好きになっちゃったんだと、この時初めてわかったんだ。

回って揺れる恋心

球技大会が終わり、六月も終わりを迎《むか》える月末の金曜日。

学校から帰った私を待っていたのは、お母さんの第一声だった。

「杏、お帰り～。ねぇねぇ、見て！　お母さん、商店街の福引で遊園地の無料招待券を当てちゃったのー！　すごくない？　しかも四名様までＯＫなのよ！」

テンション高く、まだ玄関《げんかん》でくつを脱《ぬ》いでいない私にその無料招待券を自慢《じまん》げに見せてくるお母さん。

お母さんは前々からくじ運がよく、お米五キロとかホテルディナーペア招待券など、ちょっといいものはよく当てていた。

そして今回は遊園地の無料招待券らしい。

「やった！　遊園地だ！　今度のお休み家族で行こうよ！」

「何言ってるの。せっかくの遊園地よ？　杏が誰《だれ》かをさそって行ってらっしゃい」

「えっ？　私？」

「そうよ～。ほら、あんた最近おとなりの涼真くんと一緒《いっしょ》によく帰って来てるでしょ？　お母さん、杏がイケメン好きだったなんて知らなかったわ～。いい雰囲気《ふんいき》じゃない！　下校デートばっかりじゃなくって、このチケットを使ってお外のデートでもしてらっしゃい！」

お母さんは現役《げんえき》女子高生の私以上にテンションが高く、片足を上げて明るい声を出しながら私に無料招待券を押し付けてきた。

「な、なな、何言ってるの！　私と涼真はデートとかする関係じゃないから！　母親のくせに何言っちゃってるの！」

私は真っ赤になり猛反撃《もうはんげき》するけれど、お母さんは、

「照れないの！　二人が恥《は》ずかしいのなら、真美ちゃんと隼介くんもさそって四人で行ったらいいじゃない！　あら、ダブルデートよー！　青春ねぇ！」

とこちらの意見に聞く耳持たずだ。

無理矢理《むりやり》押し付けられた私の手の中にある遊園地の無料招待券。

お母さんからプレゼントされたものだから無視するわけにもいかず、私はため息一つこぼしながら自分の部屋へ向かうために階段を上がった。

そして、扉《とびら》を開けて真っ直《す》ぐ見つめるのは、カーテンと窓の向こう側にある涼真の部屋。

もう勢いのまま伝えてしまえと、カーテンと窓を開けてベランダに出て、いつか涼真を呼ぶために置いておいた消しゴムのかけらを手にし、窓に向かって放《ほう》り投げた。


そしてコツンと音が鳴り、少しの間があってカーテンが開く。

そこにはまだ私と同じ制服姿の涼真が現れた。

さっきまで一緒にいたのに、やっぱり胸が高鳴ってしまう。

涼真への気持ちを自覚してからは、もう顔を見るだけで胸の中はいつでもお祭り状態だ。


「なに？」

あくびをしながら涼真が窓を開けて私に問いかけた。

いつも夜遅《おそ》くまで勉強をしているのだから、もしかしたら今から仮眠《かみん》でもするつもりだったのかもしれない。

だから、できるだけ手短に用件を伝えようと思った。

「あのー、これなんだけど」

できるだけ不自然にならないように、ふつうの声を出したつもりだ。

そしてわかりやすいように。涼真に遊園地のチケットを見せる。

「遊園地？」

「うん、お母さんがね、この近くの商店街の福引で遊園地の無料招待券を当てたの。しかも、四人まで無料でね。それで、もしよかったら今度の土曜日に私と真美と、涼真と隼介の四人で遊園地に行かない？　あっ、無理にとは言わないから」

自分から好きな人をさそうなんてことは初めてで、一気に伝えた。

緊張《きんちょう》のせいで早口になっちゃったけど涼真には伝わったらしく、「ふーん」と遊園地のチケットを見ている。

「俺は別にいいけど……」

「ほ、本当⁉」

涼真が行けることがうれしくて、つい大声で返事してしまい、口を片手でかくす。

でも、涼真は私のそんな反応に気付かず、会話を続けた。

「たしか隼介のヤツ、土曜日は運動部は午前中までって言ってたから、多分大丈夫《だいじょうぶ》だと思うけど……また隼介から返事させる」

「う、うん、わかった。私も真美に確認《かくにん》取っておく」

「アンタからさそわれたって聞いたらアイツ、うるさいくらい喜ぶと思う。また、さわがしくなるな」

その様子を思い浮《う》かべたのか涼真はまゆを下げ、しかたないなというふうに笑っている。

「た、楽しみにしてる……それじゃ、また土曜日……ね」

「あぁ、おばさんにお礼言っといて」

私はこくりとうなずくと、涼真は部屋に入って行き窓とカーテンを閉めた。私も部屋に入り、窓とカーテンを閉める。

それからベッドに勢いよくすわり天井《てんじょう》をぼうっとながめ、胸の中にある複雑な思いをめぐらせた。

隼介は私のことを好きでいてくれている。

でも、私は涼真を好きになってしまった。

そして、涼真は弟の隼介の気持ちをもちろん応援《おうえん》しているだろう。

傍《はた》から見れば、私はすごくひどい人間なんだろうなと思う。

好きになってくれた人の兄を好きになっちゃうなんて……

まさか自分の初恋を、こんな形で経験するなんて思ってもみなかった。

でも、いったん自覚した気持ちはとどまることを知らなくて、どんどん大きくなっていく。

今だって一緒に遊園地に行けるってわかったとたん、自分の周りがキラキラしたものでつつまれているみたいな幸せな気持ちになった。

好きな人の反応一つでこんなにも世界は変わるんだって実感できたんだ。

でも、涼真にこの気持ちを知られてはいけないと思う。

だって、涼真はきっと誰よりも弟の隼介のことを一番に考えている。

口にはあまり出さないけれど、いつだって隼介のことが最優先なんだもの。

隼介に好意を持たれている私が涼真のことを好きだなんてもし知られたら、今度こそきらわれちゃうんじゃないかと怖《こわ》くなってくる。

だから、この気持ちは絶対に涼真に気付かれないようにしなくちゃ……

だからといって、隼介にもし本気で「つき合おう」なんて言われたら、私はどう返事すればいいのだろう。

涼真のことが好きだなんて、そんなこと口がさけても言えない。

でも、涼真がすぐそばで見ているのに隼介と恋人《こいびと》関係になるなんて、それも絶対に無理だ。

じゃあ、ことわってこのまま二人とはおとなりさんの関係でいた方がいいのだろうか……

そしてもし涼真にステキな恋人ができたら、私はそれをだまって見ていることができるのかな……

「うわ……それツライ……」

そんなことを想像しただけで胸がズキンと痛くなる。

でも、今はこの気持ちをどうしていいのかわからない。

「遊園地……楽しみだけどちょっと心配だな……」

私はうまく二人の前で楽しい顔ができるかな。

そんな不安をかかえながらも、土曜日はあっという間におとずれた。


七月最初の土曜日は、夏を感じさせる少し汗《あせ》ばむくらいの暑い日になった。

真美も隼介も遊園地に行こうとさそうと喜んで行くと返事をくれて、部活終わりのお昼に駅で待ち合わせた。


「制服以外にスカートをはくなんて恥ずかしいな……」

待ち合わせの駅にある雑貨ショップのガラス窓に映る自分の姿を見る。

昨日、勢いで買ったポロシャツタイプのワンピースとデニンスを着てきた私。

ひざ上ギリギリのスカートのすそが何とも見慣れなくて、変な感じだ。

でも、涼真に見てもらいたい……とも心の中では思ってしまっている。

恋をすると、好きな人には少しでもかわいい自分を見てもらいたいと思ってしまうものなんだろうな。

それを今、しみじみと感じている。

「杏ちゃん、お待たせ」

「うわぁ！」

「やだ、杏ったらもっと上品な声を出しなよー」

「いや、この人にそれは無理な注文でしょ」

ガラス窓に映る自分をジッと見ていたら、いつのまにか三人とも集合していてガラス窓には私のすぐうしろに隼介が映り、そしてそのうしろに真美と涼真が二人でならんでいた。

「あれ？　杏ちゃんワンピースだ。かわいいー！」

そして私の変化に一番に気付いてくれたのは隼介だった。

上から下までじっくり見て私の両手首をつかみ、目いっぱいの笑顔《えがお》を向けてくれる。

「へぇ、めずらしい」

涼真からはそんな一言だけだった。

真美はそんな態度の涼真に苦い視線を送っている。

私は（まぁ……そんなもんだよね）としぶしぶ納得《なっとく》はしていた。

そして四人そろって四駅はなれた遊園地へと向かう。

ここは私が生まれる前からある老舗《しにせ》の遊園地で、最近リニューアルオープンしたばかり。

新しいアトラクションもたくさん増えていて、入場者数もここ数年はずっと右肩上《みぎかたあ》がりだとニュースで聞いたことがある。

そんな遊園地の無料招待券をゲットできたのだから、やっぱりお母さんのくじ運はかなりいい方なんだろう。

「マジ遊園地とか久しぶり！　本当、杏ちゃんのお母さんには感謝だ！」

隼介が入園するなり、遊園地を見渡《みわた》して喜んでいる。

その頭を涼真が軽くたたいた。

「恥ずかしいからもうちょっとテンション下げろ。お前は幼稚園児《ようちえんじ》か」

「なんだよー、兄ちゃんも実はちょっと浮かれているんだろ？　ごまかしても弟の俺にはわかるから。だっていつもより早歩きだし」

「い、いつもと一緒《いっしょ》だ」

「あっ、あやしい！　お兄さまって浮《う》かれると早足になるんですか⁉」

「杏、この人に〝お兄さま〟っていうのやめさせてくれない？」

「ぷはっ！」


隼介が涼真にめずらしく指摘《してき》して、真美が抜《ぬ》け目なくツッコんで、涼真が私に助けを求めてきて、私はたまらず笑ってしまった。

最初はこの四人でどんな空気になるのかと思ったけれど、案外会話もはずんでいて、みんな笑顔もたえない。

この遊園地といういつもと違《ちが》う空間が、私たちの雰囲気《ふんいき》をほがらかにしてくれているのかなと思う。

それまで力んでいた肩《かた》の力が抜けて、あらためて四人での遊園地を楽しもうと思い始めることができたんだ。

二人きりの観覧車

それからは時間を忘れるくらい四人でアトラクションを楽しんだ。

隼介が先頭になって次々と新しいアトラクションへと誘導《ゆうどう》してくれ、その勢いにまかせて私たちも久しぶりにお腹《なか》の底から声を出して、叫《さけ》んだり笑ったりした。

イメージ通り絶叫《ぜっきょう》系が大好きな隼介は、みんなを巻き込んで足場のないジェットコースターに乗せ、絶叫系が大の苦手な真美はこの世の終わりみたいな泣き声で叫んでいて、終わった後、

「隼介くんのせいでメイクも髪《かみ》もボロボロだよ!」

なんて言いながら、強引《ごういん》に乗らせた隼介に本気で怒《おこ》っていた。

実はお化け屋敷《やしき》が苦手で怖《こわ》がりの涼真は、

「絶対に行かない。なにがあっても行かない。三人で行って来て」

と、断固として入場を拒否《きょひ》して残り、一人で出入り口で待っている。

これに関しては「今日一番の笑い話かもしれないね」なんて三人で笑い合いながら、体が凍《こお》るような恐怖《きょうふ》を感じるお化け屋敷を楽しんだ。

そして私はというとシューティングゲームが昔から結構得意だから、四人で二人ずつのペアを組んで得点を競《きそ》い合うアトラクションに乗りたいとみんなをさそった。

大荒《おおあ》れの天候の中を大波に揺《ゆ》られた船に乗り、迫《せま》って来る岩や魚、海賊《かいぞく》などをガンで倒《たお》していくゲームだ。

ペア決めはじゃんけんをして、勝った私と隼介がペアになり、負けた涼真と真美がペアになった。

「お兄さまがいらっしゃれば勝ったも同然ですね！」

「だからお兄さまはやめてって言ってるでしょ」

目をキラキラとさせた真美を、ウンザリした顔をして涼真は見おろしている。

二人ずつペアになるのはしょうがないけれど、心の片隅《かたすみ》では涼真とペアになりたかったたなぁ……なんて思っちゃったりもした。

「杏ちゃん、本日最高得点を絶対出そうね！　頑張《がんば》ろ！」

アトラクションのスタッフから用意された手袋《てぶくろ》をはめていると、やる気たっぷりの隼介が私のすぐそばで声をかけてくる。

「うん、頑張ろう！」

いけない。今の私は隼介とペアなんだ。

それにせっかくみんなで楽しんでいる遊園地なんだもの。

暗い顔はここには似合わない。

そしてペアになってチャレンジしたシューティングゲームは、ぶっちぎりの得点差で私と隼介が勝利し、負けた二人には缶《かん》ジュースを奢《おご》るという罰《ばつ》ゲームを受けてもらった。

それからも全アトラクションを乗りつくしてしまったんじゃないかってくらい、遊園地を楽しんだ私たち。

気付けば空はすっかり明るさを無くし、夕日がくっきりと顔を出していた。

「もう次の乗り物くらいで帰った方がいいな。これ以上乗ると帰るのが遅《おそ》くなる」

そう言いだしたのは腕時計《うでどけい》を見ている涼真だ。

一番年上だから、保護者的な感覚で時間を気にしてくれている。

年下組の私たちは三人でおやつのソフトクリームをほお張りながら、つまらない顔をした。

「げっ、もうそんな時間？　もうちょっといいじゃん」

一番に文句を言ったのは隼介だ。

ソフトクリームのコーンの部分を食べながら、涼真にすねた顔を見せている。

その横で真美も同じような顔をしていたけれど、目線の先に何かを見つけたのか、目を大きく見開いた。

「あっ！　それなら最後はアレに乗ろうよ！」

そして指さした先には、大きな円をゴンドラで回っている観覧車があった。

それは夕日をバックにとても眩《まぶ》しく見えて、今この時間がちょうどいい景色が見えるんじゃないかって思えるくらいきれいだ。

「あぁ、観覧車」

「はい！　遊園地といえばやっぱり観覧車には乗らないと！　ずっとはしゃぎっぱなしだった

から、最後くらい落ちついた乗り物に乗って終わろうよ。ねっ、杏」

「そうだね。観覧車、いいかも」

「俺、観覧車寝《ね》ちゃいそうー」

隼介だけはそんなことを言っていたけれど、それ以外の意見が一致《いっち》して最後は観覧車に乗ることに決まった。

そして観覧車乗り場まで行き、ソフトクリームが食べ終わるころに私たちの順番が回って来る。

すると、私のとなりに並んでいた真美が突然《とつぜん》、私を涼真のとなりに強引に押し出し、隼介を自分の方に引き寄せた。

「へっ？　真美？」

「うお、なに？」

まぬけな声を出す私と隼介はいっせいに真美の方を見る。

だけど、真美は当然のような顔をしていた。

「さっきのシューティングゲームの時、私とお兄さまがペアだったでしょ？　だからこの観覧車は私と隼介くん、杏とお兄さまペアで行きましょ。はい、行ってらっしゃーい！」

「えぇ！　ちょっと……」

「ちょっ、兄ちゃん、ずるい！　杏ちゃんは俺と乗る予定なんだけど！」

「……」

そんな隼介の意見を無言でスルーしている涼真をチラッと見上げると、気のせいでなければ耳の辺りが赤くなっている気がする。

これは夕日の色のせいかな？

でもそれ以上に真っ赤なのは、きっと私の顔の色だと思う。

なるべく隼介に気付かれないようにしたかったけれど、こんなに近くにいたら絶対にバレていると思う！

「どうされますー？　何人で乗りますか？」

しびれを切らしたスタッフの人が私たちに声をかけてきた。

どう返事しようかまよっていたら、涼真が私の左手首をつかんだまま前に進む。

「二人で乗ります」

涼真の口からハッキリと聞こえてきたのはそんな言葉だった。

涼真は私を先に乗せてすわらせると、自分は真正面にすわった。

「はーい、では行ってらっしゃーい」

忙《せわ》しい動きをする私の心臓の音とはまるで反対の軽《かろ》やかなスタッフの人の声がしたと思ったら、バタン！　と扉《とびら》が閉まりカギがかかる。

ぐらんと揺れるゴンドラの中に、私と涼真は二人きりで向かい合っている。

視線をどこにやっていいかわからなくて、今閉まったばかりの扉の方にやると、こちらをジッと強い瞳《ひとみ》で見ている隼介と、楽しそうにウィンクをした真美の姿が見えた。

真美には愛想笑いを返せたけれど、隼介はまちがいなく涼真の方をずっと見ていた。

しかも、かなり機嫌《きげん》が悪そうだったな……。

あとでトラブルにならなきゃいいけれど……。

いや、私のことでこの二人がケンカをすることなんてないか。

だって、涼真の気持ちの矢印は私の方に向いていないのだから、二人がケンカをする理由なんてないもの。

「外……」

「へぇっ⁉」

そんな考えを頭の中でしていると、前から涼真の声が聞こえてきた。

「せっかく観覧車に乗ったのに、外、見なくていいの？　もしかして高所恐怖症《きょうふしょう》？」

「い、いや、大丈夫《だいじょうぶ》……。涼真は？」

「俺もこれは大丈夫」

「あっ、そっか。苦手なのはお化け屋敷《やしき》だけ？」

そう言うと、ジロッとうらめしそうににらまれた。

その話にだけは触《ふ》れてくれるなって感じだ。

「ぷっ……」

涼真の強い気持ちが伝わってきて、つい声を出して笑ってしまった。

「笑うな」

「だって、涼真にも苦手なものがあったなんてやっぱり面白《おもしろ》くて」

「俺にだって苦手なものはあるよ。基本なんでも無難にこなせるけどね」

「……いやなヤツー。そうだ、涼真ってそういうこと言う人だよね」

「今さら何？　言っておくけど、いきなりいい人にはならないよ」

「いきなりも何も。涼真は最初から性格も口も悪いじゃん」

「そんな俺なのによく一緒《いっしょ》にいられるよね、アンタ」

「そりゃ……」

そこまで言って肩《かた》がビクッと上がるくらい驚《おどろ》いた。

『好きだからだよ』

流れで自然と言ってしまいそうになり、あわてて口をつぐむ。

「お、おとなりさんだから……」

「なるほどね」

こんな状況《じょうきょう》で無難な答えを自分がよく出せたと思う。

涼真も特に気にせず返事をしてくれ、その目は窓の外に向いていて夕日が彼の顔半分をきれいなだいだい色でそめている。

あらためてカッコいいな……とも思うし、こんな切なげで優《やさ》しい表情もするんだと思うと、ひとりじめしたくなる女の子の気持ちがいやと言うほどわかる。

この涼真を私だけが見ているんだ。

すごくぜいたくで幸せな時間だな……

今さらながら自分がおかれている状況がとても恵《めぐ》まれているなと実感した。


そして少しの間、静かな時間が流れた。

下校の時間とはまた違《ちが》う、本当に二人だけの時間。

電車の中ならこんな沈黙《ちんもく》は気にもならないのに、ゆっくりと揺《ゆ》れるゴンドラの中での体感時間は実際の時間よりもずっと長く感じる。

この時間がもっと続いてほしいとも思うけど、緊張《きんちょう》の方が勝っているのか冷や汗《あせ》なんかもかいてしまい、好きな人に汗っかきの女の子だなんて思われることが恥《は》ずかしくて、何度かバッグの中からハンカチタオルを出して額の汗をふいたりした。

そんな私をチラッと見た涼真は視線を外に向けたまま、私に言葉をかける。

「杏ってさ、いつからお菓子《かし》作りとか始めたの？」

「えっ？　お、お菓子？　どうして？」

「いや、聞いたことがなかったなと思って。隼介がここまで作れる女の子、めずらしいとか言ってたから。ふつうはクッキーとか焼き菓子程度だけど、アンタって結構本格的だよね」

「そ、そっかな……」

「うん。将来、そういう道に進みたいとか思ってるの？」

「将来……」

涼真が会話をリードしてくれて、心は落ち着きを取り戻《もど》してきた。

そして会話は私の得意なお菓子作りの話題だ。

それは真美や両親にも誰《だれ》にも話したことがなかった将来の話……。

私の緊張は少しずつ解けていき、頭の中で伝えたい言葉のピースが上手《うま》くはまっていく。

「将来は……できればパティシエになりたいなとは正直、思ってるよ。でも、今までお菓子作りは家の中での趣味《しゅみ》みたいなものだったし、周りには言ってなかったから恥ずかしくてハッキリとは言い出せなくて……」

指先を太ももの上で絡《から》ませ、うつむきながら想《おも》いを言葉に出した。

すると、涼真が外を見ていた体勢をくずし、私の方に前のめりになって真っ直《す》ぐに見つめてきた。

その距離《きょり》に胸の中からは大音量の心臓の音が聞こえてくる。

涼真に聞こえてしまわないか心配になるくらいだ。

「それ、言ってみたらいいんじゃない？　案外、すんなりOKしてくれると思うよ。あれだけ毎日、お菓子を作ってたらふつうの親なら子どもの夢に気付くでしょ」

涼真は何てことないふうに私に軽くそう言ってくれる。

それだけで、心が軽くなる感じがした。

「それに、なんでも言いたいときに言っておかないと、あとで絶対に後悔《こうかい》するから。これ、経験者は語るだから聞いておいた方がいいよ」

うつむいていた私は涼真の言葉の意味に気付き、ハッと顔を上げた。

それは、お母さんとケンカしたままもう会えなくなった自分のことを言っているのだと気付き、涼真の顔を真っ直ぐに見ていた私の顔はだんだんとくずれていく。

「ちょっと、泣かすために言ったんじゃないんだけど」

「な、泣いてなんかない」

「アンタ、こんなに人の気持ちに敏感《びんかん》な人だっけ？」

「これでも成長してるんです！」

「ははっ。それはオメデトウ」

「もう！　全然そうは思ってないでしょ！」

　好きな人の辛《つら》い過去だからこそ敏感になるのに、当の本人はくしゃっとした顔で、やわらかく笑っている。

　そんな表情を見れて、もう練習試合の時のような雰囲気《ふんいき》にならなくて、私は心底ホッとしていた。

「でも、ありがとう。いつかお母さんたちに話してみる」

「うん、いいんじゃない。おばさんたちなら絶対に反対しなさそうだし。俺も楽しみにしてる」

「えっ？　楽しみ？」

「不器用なアンタが店を開いても、うまく客商売なんてできなさそうだしね。俺以外買う客なんていないだろうから毎日通ってあげるよ」

「ちょっと！　それかなり失礼なんだけど！」

失礼なことを言われて勢いよくゴンドラから立ち上がると、地面からはるかに高い場所にある大きく四角い箱はぐらりと揺れて、足元がふらついてしまった。

そしてバランスをくずした私は立ったまま前へと倒《たお》れていく……！

「きゃっ……！」

「危な……」

そのまま前にいる涼真にダイブのように倒れ込んでしまった私。

涼真はすぐに両手を広げてくれて私を受け止めてくれ、私は涼真の肩で思い切りあごを打ってしまった。

「いったぁ……」

「あのねぇ……子どもじゃないんだから、ゴンドラの中で急に立ち上がったらどうなるかわかるでしょ」

「うっ……ご、ご、ごめん、ごめん……！」

すぐそばで聞こえる涼真の声がダイレクトに耳に届いてくる。

それだけ近い距離に涼真の顔があることがわかり、私の体は石みたいに固まって、せっかくひいた汗をまた大量にかいてしまった。

「ほら、すわった場所に戻る。いつまでもこんな格好だと隼介にゴカイされるよ」

固まった私の魔法《まほう》を解いたのは、涼真の大きくあったかい手だった。

私の両肩《りょうかた》をつかんで程《ほど》よい力ではなしてくれ、ゆっくりとすわらせてくれる。

じんじんと強打したあごは痛かったけれど、ほんのりと香《かお》ってきた涼真自身の匂《にお》いや体温が私の体にわずかに残っていて、体全体の熱は上昇《じょうしょう》しっぱなしだ。

「本当、感情のまま行動するよね、杏って。うらやましいよ」

「……バカで子どもっぽいと思っているんでしょ？」

ゴンドラの窓の縁《ふち》にヒジをついてほお杖《づえ》をした涼真が、ほんのりと顔を桜色に染めたまま私の方を横目で見ている。

私はうつむき加減で顔を真っ赤にし、唇《くちびる》をとがらせながらすねた態度で言い返した。

「違う。本当にうらやましいって思っているよ。俺もこれでもちょっとはアンタの影響《えいきょう》を受けていたりするんだから」

「……そうなの？」

涼真の意外な本心に、私の目は見開きその想いをもっと聞きたくて次の言葉を期待する。

それが伝わったのか、涼真は気はずかしそうに笑うと、少し息をすった後、ほお杖の手を腕《うで》組《ぐ》みにしてちゃんと向き合ってくれた。

「俺、卒業後の進路は大学に行って教師になろうと思ってる」

「教師？　涼真、学校の先生になるの？」

「うん、高校の数学教師を目指す。そして、そこの学校でサッカーを教えられる顧問《こもん》にもなってみたいっていう目標が今、できたんだ」

「涼真が数学の先生？　しかもサッカー部の顧問！　それ、本当!?」

涼真の口から語られた将来のビジョンが私の頭の中で再生される。

教壇《きょうだん》に立つ大人になった涼真に、教え子にサッカーを教えている姿……

きっと、ものすごく似合っていると思う！

「そっか……！　うん、すっごくいいと思う！　涼真って文句を言いながらも結局面倒見《めんどうみ》もいいし、サッカーだって球技大会で見たけど本当に上手だったし、生徒に人気がでる先生になりそうだよね！」

「なにそれ、べた褒《ぼ》めだね」

「えっ？　しょ、正直な感想なんだけど……」

「ははっ。それはどうもありがとう。……本当、杏のおかげだよ。あの時、アンタに俺にも楽しいと思えることをやってみたらって言われたから、行動にうつせたんだ」

涼真らしくない優《やさ》しい声色《こわいろ》でつぶやくものだから、その言葉を拾っていいものかどうかわからない。

でも、このおだやかな空気がいごこちがよくて、何度も何度も涼真に言われた言葉を頭の中でリピートしていた。

練習試合の時、思ったままに言ってしまい後悔した言葉が涼真に届いているとは思わなかった。

「辛い思い出も、少しはいい思い出に変えられたらって作ってくれた弁当もうれしかったし。

あの弁当本当にうまかったよ。ありがと」

朝早く起きて頑張《がんば》って作ったお弁当……

涼真にちゃんと私の気持ちは届いていたんだ……

それを言葉にして伝えてくれたことに、わき上がってくるうれしい気持ちは止まらない。

なんとか泣かないように太ももの上においた両手で必死にこぶしを作り、歯を食いしばった。

「それに、やっぱり好きだしな」

「えっ⁉」

「サッカー。一度はやめようかと思ったけど、どんな形でも続けるよ。そう決めたんだ」

「あっ……、サ、サッカー……」

「好き」という言葉に異常に反応してしまった私。

涼真はそんな私のリアクションに気付かず、自分の将来の話を続ける。

そんな時間は私たちの間では高速のように早く過ぎ、気付けば観覧車は一周を回り終わりを迎《むか》えていた。

「結構あっという間だったな」

ゴンドラを降りた涼真が開口一番にそう言った。

私との時間をそう思ってくれたことがうれしくて、私は大きくうなずく。

「涼真、いっぱい話してくれたからね」

「さっき言ったこと、誰《だれ》にも言わないでよ。内緒《ないしょ》だから」

後頭部をかきながら涼真は照れくさそうに小さな声で言った。

内緒、と言われて二人だけの秘密の話だったことを知り、私の中の気分はますます高揚《こうよう》したんだ。

でも、涼真は今も照れくさそうにため息をついた後、右手で口元をかくす。

「ヤバいな。密室って口が軽くなる。あんなにしゃべる予定じゃなかったのに」

「やったね。涼真の秘密を手に入れたわ」

「……ちょっと。悪い顔になってるんだけど」

「いつもからかわれてばかりいるんだもん。たまには弱みをにぎらないと！」

「あのねぇ」

私が両手でガッツポーズを作っていると、涼真は私の頭頂部を軽くつつく。

その反応に笑って返していると、うしろから二人分の足音と声が聞こえてきた。

隼介と真美がゴンドラから降りてきて、一目散にこちらに向かってくる。

そして、隼介は私の腕を力強く引っぱった。


「杏ちゃん、大丈夫《だいじょうぶ》？」

「えっ？　なにが？」

「途中《とちゅう》、ゴンドラの中でたおれただろ？　それで兄ちゃんに抱《だ》きしめられてたよね？　たおれた時、ケガとかしてない？」

「あっ、あれ……！　見ていたの!?」

「ちょうど私たちの乗っていたゴンドラから見える位置だったのよね。だから、それから隼介くん心配しちゃって」

真美がその時の様子を語ってくれて、なぜ隼介がこんなにも心配そうな顔をしていたのか理解できた。

それを聞き、涼真が深いため息をつく。

「単なるアクシデントだよ。そんなことでいちいちさわぐな」

「そんなことってなんだよ。俺は杏ちゃんのことが好きだから心配になるんだ。兄ちゃんにはこんな気持ち、絶対にわからないだろ」

真っ直《す》ぐに「好き」と告げられ、私の腕をつかんでいる隼介の手の力が強くなり、そこから体全体が熱くなってくる。

恋愛《れんあい》経験が豊富な真美も、この状況《じょうきょう》を見て無言になってしまった。

にらみ上げている隼介を無表情の涼真が見下ろしている。

次々と観覧車を降りてこの場を離《はな》れていくお客さんたちがいる中で、涼真が口を開き声を出した。

「俺は……」

「俺は」と言ったまま、何も言わない涼真。

私がおそるおそる涼真を見つめると、一瞬《いっしゅん》だけ目が合いそらされた。

「俺はただとなりに住んでいるだけの人間だから、ヤキモチを妬《や》かれる筋合いはない」

「あっ……」

涼真は冷めた口調でそう言うと、先に歩き出して行ってしまった。

私は情けない一声だけが口からこぼれ、観覧車の中で言ってしまった言葉を思い出す。

たしかに、私は涼真のことを「おとなりさん」だと言ってしまっていた。


それを涼真は言っているんだと気付き、そうじゃない想《おも》いを持っていることを言えなかったという後悔《こうかい》の波に襲《おそ》われかけている。

一言「そんなことない」と言いたかったけれど、その前に隼介にさえぎられてしまった。

「そう、それを聞いて安心した。杏ちゃん、変な雰囲気《ふんいき》にしちゃってごめんね。真美ちゃんも。兄ちゃん先に行っちゃったし、そろそろ帰ろっか」

「そ、そうだね。あっ、隼介くん、お兄さまと先に行って出入り口で待ってて。私たち、おトイレに行ってから向かうから。ほら、杏、行こう」

「あっ、うん……」

私の複雑な心境を真美は見抜《みぬ》いてくれているんだと思う。

隼介にそう告げた後、私の手を取り近くにある女子トイレに向かった。

そして誰もいないトイレの洗面台の前に立ち、真美は大きなため息をつく。

「あ〜、ごめん！　良かれと思って杏とお兄さまをペアにしたけれど、まさか隼介くんがあんなに怒《おこ》るとは予想外だったわ……。よけいなことをしてホント、ごめん」

「真美は悪くないから。あやまらないで。じ、実際、二人きりになれて……う、うれしかったし」

返した言葉はもうつつみかくさず伝えた本音だった。

顔を真っ赤にしながらたどたどしく言う私を、真美は保護者的な優《やさ》しい表情で見つめている。

でも、それはすぐに苦い顔つきになった。

「隼介くん、私たちが想像している以上に杏に本気だと思うよ。でも、お兄さまはさっきの態度を見るかぎり、杏のことをそういう目で見ていない可能性があるよね……。あぁ、もう！　これが初恋《はつこい》の杏にこんな問題をクリアしろっていうのはずいぶんとむずかしい問題だわ！」

「えっ……と……えぇ……、そ、そう言われればそうだけど……」

「杏は好きなんでしょ？　隼介くんじゃなくってお兄さまを」

あらためて真美にそう言われ、私はまばたきを何回もしながらもその言葉を認めるうなずきを数回くりかえした。

「それより隼介くんのことだよ。どうするの？　ずっとこのままでいいって思ってないよね？」

真美が心配そうに、そして不安そうに私に問いかけてくる。

私だってこのままでいいなんて思っていない。

それは今まで誰が見ても仲が良かった兄弟の間に、初めて不穏《ふおん》な空気が漂《ただよ》ったのを肌《はだ》で感じたから。

観覧車の中で起こったたった一つのアクシデントで、こんなことになってしまうんだ。

私がハッキリしない以上、きっといつまでもこんなことをくりかえしてしまう。

それを解決させるには、やっぱり私がちゃんと気持ちを伝えなくちゃいけないんだ。

それに、なんでも言いたいときに言っておかないと、あとで絶対に後悔するからと涼真が教えてくれた。

だから伝えなくちゃいけないんだ。

隼介にも。

涼真にも……！

「真美、私こういうの全く未体験だし、今でもなんで私なんかが……とか思ってるけど……でも、今、どうしたらいいのかちゃんとわかっている」

私がそう言うと、真美は満足そうにほほえんでくれた。

そして「頑張《がんば》れ！」と目いっぱいの笑顔《えがお》を贈《おく》ってくれた。

甘い甘い想いをあなたに

私と真美は、二人で手をつないで涼真たちが待っている場所まで向かった。

あんな雰囲気のまま別れた二人はいったいどんな状態で待っているのだろうと不安に思っていたけれど、思いのほかいつも通りでホッとした。


これは（さすが兄弟だな）と思ったけれど、帰り道の電車の中でもいつものように会話は弾《はず》まず、目線を合わせる数もかなり少ない。

私たちがいるから気をつかっているだけで、やっぱりあんまりいい雰囲気じゃないんだ……

そう気付くには充分《じゅうぶん》だった。


「じゃ、俺、この人送っていくから」

四人とも一緒《いっしょ》の最寄《もよ》り駅まで帰ってくると、涼真は真美を指さし、一緒に歩こうとする。

「兄ちゃん真美ちゃんのこと、よろしくね。じゃ、真美ちゃんまた学校で」

そして私は隼介に手をつながれ、強引《ごういん》に引きよせられた。

「うわ、なにこの幸運！　お兄さまに送ってもらえるなんて！」

涼真に家まで送ってもらえることになり、真美はかるく驚《おどろ》いている。

その場で背を向けて別れ、涼真は私を一度も見ずにアーケード街に向かって歩き出す。

真美は涼真の斜《なな》めうしろを歩き、振《ふ》り返るととまどっている私に強い瞳《ひとみ》を向けてきた。

私しか見ていない隼介に目をやった後、真美は私にガッツポーズを送る。

まるで、さっきの私の決意をあらためて応援《おうえん》してくれているように見えた。

その応援が心に届く。

私は唇《くちびる》を真一文字にむすんで、強くうなずいた。

（逃《に》げちゃダメだよね）と自分に言い聞かせたんだ。

息をのみ、隼介を見上げる。

「じゃ、俺たちも帰ろっか」

ほがらかにうれしそうに笑う隼介の顔を見上げ、「うん」と返事をする。

隼介のこの笑顔を私はくずしてしまうようなことを言うんだと思うと、胸が張りさけそうなくらい苦しい。

でも、ちゃんと自分の言葉で言わなくちゃ。


それから、もう夕日の色がなくなってきた空の下を二人でゆっくりと歩く。

この帰り道はいつも涼真と二人で歩いていた。

隼介はずっと明るい声を出して、たくさんの話を私にしてくれる。

隼介との会話はたいくつな時間がないくらい、ずっと盛り上がるから笑顔になれて楽しい。

でも、私の心の中はやっぱり涼真とのケンカ口調になりながらも、ずっとドキドキが止まらない、あの時間が恋《こい》しいと思ってしまう。

だから、勇気を出してその想《おも》いをこのまま伝えようとした時だった。

「あの、隼介……私ね」

「杏ちゃん、ちょっとゴメンね？　俺の話を先に聞いてほしい」

歩みを止め、地面の灰色のアスファルトを見ながら真剣《しんけん》な声を出した時だった。

私の声にかぶせるように、隼介がしゃべり出したんだ。

「実はね、真美ちゃんを送って杏ちゃんと二人きりにさせてほしいって兄ちゃんに頼《たの》んだんだ、俺」

「えっ？　ど、どうしてそんなこと……」

「どうしてって、わからない？　杏ちゃんに真面目《まじめ》に俺の想いを聞いてほしいからだよ。いつもみたいにごまかして逃げないで、ちゃんと聞いてほしいから」

そこにいつも隼介から感じる明るい空気は少しも感じなかった。

どくんどくんと緊張《きんちょう》で高鳴る心臓の音は、これでもかというほど大きな音を奏《かな》でていた。

そんな私を熱い瞳で見つめながら、隼介は口を開く。

「今日、四人で行ったじゃん？　遊園地。スッゲー楽しかったよね。俺も久しぶりに遊びに行って、本当に楽しかった。また行きたいって思った」

「もちろん私も……」

「杏ちゃん、俺は杏ちゃんと二人でまた行きたいと思った。今度はただの遊びじゃなくって、恋人《こいびと》同士として。これから遊園地だけじゃなくって色んなところ、初めて行くところ、全部杏ちゃんと一緒に行きたい」


隼介の落ち着いた男らしく語る声が私の耳に届いてくる。

それだけで、私の心臓は壊《こわ》れちゃうんじゃないかってくらいはげしく動いている。

そして、隼介はゆっくりと口を開いて次の言葉を言った。

「……好きだよ、杏ちゃん。本気だよ。本当に好きなんだ」


こんなに大人びた隼介の顔を見たのは初めてかもしれない。

その表情は兄の涼真とはまたちがっていて……

兄弟だけど涼真とはまたちがう、隼介にもこんな魅力《みりょく》があったのだと身をもって知らされて

しまった。

そしてときめいてしまう甘い心の音は止まらない。

隼介が触《ふ》れてきた肩《かた》から全身がやけどするくらい熱くなってくる。

「だから杏ちゃんもちゃんと考えて、それから返事を聞かせてくれる？」

「……うん、わかった。考える。めちゃくちゃ真剣に考える」

「ありがと。うれしい」

ニコッと笑う笑顔《えがお》は、隼介らしい太陽みたいな眩《まぶ》しさが感じられた。

私もずっと真剣な顔をして疲《つか》れていた顔は、そんな笑顔を見て一緒に笑ってしまう。

「それじゃ、家まで帰ろう。こういう時、おとなりさんだと途中《とちゅう》で別れないから、さびしい想いをしなくてすんでいいね」

「あっ、たしかに」

「ほら、おとなりさんが彼氏だとメリットがたくさんあるよ？ ぜひ前向きに検討をお願いします｜」

「やだ、なにそれ｜」

隼介らしいとぼけた態度に、さっきまでの緊張したムードは一瞬《いっしゅん》にして変化して、おだやかな陽《ひ》だまりみたいな空気につつまれる。

それはお互《たが》いの家に着くまで続き、笑顔で別れようとした時だった。

「あっ、そうだ。告白の返事を聞く時は、杏ちゃんの作ったお菓子《かし》が一緒だとうれしいな。とびっきり甘いお菓子と返事をよろしく！」

「えっ……。お、お菓子……？」

「うん、そう！　杏ちゃんといえばお菓子でしょ？　楽しみにしてるから！」

そう言って、大きく手を振って隼介は家の中に入って行く。

「お菓子かぁ……。どうしよう」

隼介の好みは何度かおすそ分けをして甘いものは大好きだということはわかっている。

だから作るもので困ることはない。

でも、それをわたす時は、今までみたいなかんたんな気持ちであげるわけじゃないんだ。

自分の家の門の前でどうしようかと悩《なや》み、ずっと立っていた。

どれくらいの時間をそうしていたのかわからない。

だから、すぐうしろにいた人の存在に全く気付かなかったんだ。

「アンタ、こんなところで何やってるの?」

低い、でもずっと記憶《きおく》に残る私の好きな声が聞こえてきた。

急いでうしろを振《ふ》り返ると、すこしきげんが悪そうな、眉間《みけん》にシワがよった顔をした涼真がすっかり薄《うす》ぐらくなった空の下、立っていたんだ。

「い、いつからいたの? あっ、真美は?」

「とっくに送った後だよ。隼介がアンタと話があるっていうから時間をつぶしてた。で? そのアンタはこんなところで何してんの?」

「私……は……」

口ごもる私を涼真はジッと見つめてくる。

そして浅いため息をはいた。

「ゴメン。何を言われたか知っているのにイジワルを言った。もうそういうのはやめるから」

「えっ……」

「隼介にもアンタにも悪いから。じゃ、今日はドウモアリガトウ」

「ちょ、ちょっと……！」

私の止める声を聞かず、涼真は私の横を通りすぎる。

その横顔は無表情で、それがとても悲しかった。

涼真の表情は隼介みたいにコロコロと変わることはない。

だから、指で数えるくらいだけど、私に見せてくれた照れる顔や目いっぱいの笑顔、優《やさ》しくほほえんでくれる顔が見られないと思うと、息ができなくなるほど苦しくて辛《つら》い。

右手の甲《こう》を唇《くちびる》に当て、失恋《しつれん》をしたみたいな気持ちになってあふれてくる涙《なみだ》をどうにかガマンしていた。

でも、気持ちを伝えてもいないのに、失恋もなにもないじゃないと自分に言い聞かす。

「……決めた」

今、涼真が教えてくれた後悔《こうかい》をしないように自分がどうしたいのか覚悟《かくご》ができた。

私は急いで家に入り、キッチンにいたお母さんに声をかける。

「お母さん、ただいま！」

「あら、杏おかえりなさいー！　今日どうだった？　楽しかった？」

「それはまたあとで話すから、お母さん！　今夜、キッチン貸して！」

「はぁ……いいけど。夜にお菓子を作るの？　夜に甘いものを食べると太るわよー」

「自分で食べるわけじゃないからいいの！」

不思議そうな顔をしたお母さんのとなりで、夜に作るための材料をかたっぱしから探した。

頭の中では、二人に伝えたい思いをどうにか形にできないかと必死で考える。

そして、それは夜には完璧《かんぺき》な形として私の頭の中にまとまっていた。

「これをわたすとなると……恥《は》ずかしいな……」

できあがった私の気持ちを、そのままの形にしたずらりと並んだお菓子たち。

これが完成したのはもう日付が変わる時間。

手も顔も粉まみれだし、キッチンに続くリビングにまで砂糖やバターの甘い匂《にお》いは広まっていた。

何度見てもこれをわたす時のことを考えたら恥ずかしい……

でも、作り終えた私はすがすがしい気持ちでいっぱいで、あとはほんの少しの勇気を出すだけだ。

「明日……これを持って伝えるんだ」

そうひとり言をつぶやき、唇をキュッとむすんで、あらためて決意を固めた。

そして……翌日の日曜日。

時計の針が両方とも六の数字をさす夕方の頃《ころ》。

隼介が部活から帰ってきたところをつかまえようと、リビングの窓から外をずっと見ていた。

そして、その瞬間はとうとうおとずれる。

「しゅ、隼介……！」

窓から顔を出し、大きなサッカー部の部活カバンを持った制服姿の隼介を震《ふる》えた声で呼んだ。

すると、周りをきょろきょろと見渡《みわた》し、隼介は首をかたむける。

「そっちに行くから待ってて！」

どこから声が聞こえてくるかわかっていない隼介は、最後まで首をかたむけたままだった。

両手で隼介にわたすために作った、手作りのクッキーが入ったラッピング袋《ぶくろ》を、落とさないようにしっかりとつかむ。

玄関《げんかん》まで走って向かい、スニーカーをはくと深呼吸をした。

そして隼介に言わなければいけない言葉をしっかりと整理させたあと、私は玄関の扉《とびら》を開け、ちゃんと待っていてくれた隼介のもとに向かう。

「部、部活終わりにごめん……」

「やっぱり呼んでくれていたの、杏ちゃんだったんだ。部活終わりに会えるなんて疲《つか》れふっ飛ぶな」

無邪気《むじゃき》でひまわりみたいに元気な笑顔《えがお》を向けられると、胸がはげしく痛む。

でも、私は決めたんだ。

そのためにこれも作ったのだから。

「隼介、これ……約束したお菓子《かし》、作ったの」

「えっ？　もう作ってくれたの⁉　さっすが杏ちゃん、早い！　それなのにこのクオリティなんだからマジですごい」

隼介はわたしたらすぐに受け取ってくれ、透明《とうめい》のラッピング袋を空にかざして中身を見て、かざらないほめ言葉をくれる。

その中身は、サッカーボールのアイシングクッキーだ。

「何を作ろうかいっぱい考えたの。色々考えたけど、隼介にはやっぱりサッカーかなっと思って」

「すっげー！　ちゃんとサッカーボールの形も色もしてる……しかもなんかキラキラしてる。こんなクッキーあるんだ。ホント、杏ちゃん、すごい！」

「うん、隼介って私にはキラキラしてて、すっごくまぶしい存在なの。このクッキーを作っていた時、ずっと思ってた。好きなことを話す時も一緒《いっしょ》にサッカー観戦に行った時も、いつもキラキラしてたなって」

私は頭の中に用意していた言葉を一つ一つ言い残すことが無いように、震える手を自分の手でおさえ、ちゃんと伝われと願いながら、ゆっくりと語り出す。

隼介もそれが告白の返事なのだと気付いたのか何も言わず、静かに聞いてくれた。

「隼介と一緒にいる時間はあっというまで本当に楽しいの。そんな隼介に好きでいてもらえるなんて、私なんかにはものすごくぜいたくなことなんだと思う。でも……でもね……」

緊張《きんちょう》のあまり、目をつむってしまう。

そしてそのまま私は胸の中にある本音をとうとう言葉にした。

「昨日の……遊園地に四人で行った時、しっかりと自分の気持ちがわかったの。私……涼真が好き……。だから、隼介にいっぱい好きって言ってもらえて本当に本当にうれしいけど、でも友達以上には見られないの……。今までちゃんと答えてなくて、ごめんなさい」

目をつむったそのまま、私は深く頭を下げた。

隼介の気持ちには応《こた》えられないうえ、兄の涼真のことを好きになってしまったことへの謝罪だ。

そんな私に隼介は迷うことなく、次の言葉を投げかけてきた。

「それじゃあさ、兄ちゃんに振《ふ》られた時の保険でもいいよ？　俺、多分ずっと杏ちゃんのことが好きだから、いつまでも待ってる自信あるし」

隼介の言葉を聞いて、私はいきおいよく頭を上げた。

「そ、そ、それだけは絶対にできないよ！　そんな失礼なこと……。それだけは絶対にしたくない。私、ずっと隼介に好意をよせられているとわかってても、涼真のことばかり考えていたから……」

とんでもなくひどいことを言っているのはわかっているから、考えていることを言葉にするたび、胸がはげしく痛む。

瞳《ひとみ》もうるんできて、私には泣く資格なんかないのに、今にも目尻《めじり》から涙《なみだ》がこぼれそう。

「泣かないで、杏ちゃん」

そんな私に隼介が気付くとは思わなかった。

いつも自分の気持ちをずっと伝え続けてくれてきた隼介が感情をぶつけず、ゆっくりと私をなぐさめるように語りかけてくれたんだ。

「そっかー、杏ちゃんの中は俺じゃなくって兄ちゃんが中心なんだ。でも、それだけ好きってことだよね。兄ちゃんのことを。ははっ……うん、そっか」

苦笑いをしながら、隼介は必死に自分に言い聞かせるようにひとり言をつぶやく。

その手につかんでいる私があげたアイシングクッキーのラッピング袋は形をくずすくらい、力強くにぎりしめられていた。

そして切なげにため息をついて、まゆを八の字に下げて私を見た。

「でも……まぁ、さすがに俺でもなんとなく気付いていたんだよね。杏ちゃんの気持ち、俺にはないなって。じゃあ誰《だれ》だろうなって考えていたら、昨日とかすっごく楽しそうに観覧車の中で過ごす杏ちゃんと兄ちゃんの姿が見えてさ。あー、これかって。でも、俺もかんたんに引き下がりたくないじゃん？　だから、玉砕覚悟《ぎょくさいかくご》で告ってみたけれど……やっぱ、ダメかー」

最後の言葉を放つと、隼介は後頭部をかきながら笑っていた。

私はなにも言い返さずただ「うん、ごめん、ごめん……」としか言えなかった。

「杏ちゃんはあやまらなくていいよ。幸せそうに笑う二人の顔を見ていたら、スッゲーおにあいだなって思ったし、兄ちゃんがあんな笑顔を向ける相手って杏ちゃんが初めてだから」

隼介にそう言われて、胸の中がきゅうっと苦しくなる。

涼真の笑顔を思い出して甘い気持ちでいっぱいになるのと、無理をして笑っている隼介の笑顔を見て申し訳ない気持ちで苦しいからだ。

「私、隼介の笑顔も好きだけど、涼真の笑顔はもっと好きなの。隼介が笑ったら私も楽しい気分になる。だけど、涼真が笑ってくれたら、私……それだけで幸せなの」

「うん、わかるよ、スッゲーわかる。だって俺も杏ちゃんと同じくらい兄ちゃんのこと大好きだし！　多分、兄ちゃんも……」

隼介はそこまで言うと、しゃべっていた口を手でおおい、固く口を閉《と》ざした。

「隼介？」

私は続きを言わない隼介を不思議に思い、続きの言葉を待つ。

でも隼介は首をプルプルと横に振り、結局その先は教えてくれなかった。

「その先は杏ちゃん、自分で聞いて。俺からは言えないし、今は絶対に言いたくない」

そして少しすねた顔になり、プィッと顔を横に向ける。

それにあわてた私の反応を見て、また声を上げて笑った。

「あははっ！　困らせてごめん！　まっ、俺としては直接気持ちを聞いてもらって、ちゃんと考えてくれて、それから返事をくれたからもう満足はしてるんだけど」

「隼介……」

私たちがいる場所は薄《うす》ぐらい外なのに、隼介が明るくそう言ってくれるだけで私の心は少しだけ軽くなった。

本当に、隼介のこの魅力《みりよく》には最後までいやされてずっと助けられていたんだ。

「隼介、本当に私のことを好きになってくれてありがとう。私……」

「大丈夫《だいじょうぶ》！　俺には大好きなサッカーがあるから！　……頑張《がんば》ってね！　俺、このクッキー食べながらうまくいくように祈《いの》ってる！」

私があげたクッキーを自分の顔の位置まで上げ、ずっと笑顔《えがお》を絶やさない。

私は瞳を見開いて力強くうなずくと、深く頭を下げた。

「ありがとう……本当にありがとう！」

そう言いながら、とうとう目尻から一筋の涙は流れてしまった。

申し訳なくて、でも応援《おうえん》してくれるのが心強くて、そして隼介の優《やさ》しさに触《ふ》れたうれしさからこぼれた涙だった。

私は笑顔の隼介にもう一度頭を下げて、その勢いのまま家に入る。

そして、自分の部屋に一目散に入り、テーブルの上に大切に用意してあったラッピング袋《ぶくろ》を片手に取る。

私はカーテンと窓を開けて伝えたい想《おも》いをたった一人の人にぶつけるために、息をあらくしながらベランダへと出た。

窓が勢いよく開いた音が外に響《ひび》き、緊張のあまり私の息切れがひどくなる。

そして私は深呼吸したあと、道具を使わず声だけでとなりに住んでいる彼の名を呼んだんだ。

「りょ、涼真……‼」

ベランダの縁《へり》に片手を置いて、目をつむってお腹《なか》の底から声を出して名前を呼んだ。

きっと顔は真っ赤だ。

リンゴみたいに真っ赤になっていると思う。

そんな状態で涼真を待っていると、窓が勢いよく開き、私と近い顔色をした私服姿の涼真が現れた。


「ちょっと……人の名前、そんなにデカい声で呼ばないでくれる？　近所迷惑《きんじょめいわく》だから」

涼真は目にかかるくらいの黒色の前髪《まえがみ》を左手でかき上げ、照れをごまかす。

私はそんな仕草一つにも鼓動《こどう》が大きく高鳴り、緊張《きんちょう》が今までの倍以上にふくらみ始めた。


「で？　なに？」

「よ、用があったから名前を呼んだの」

「あっ、そう。そんなに重要な問題？」

「重要な問題！」

涼真なりにいつもの返事のつもりだったんだろう。

でも、私の必死の表情が伝わったのか、少し驚《おどろ》いた顔をした。

ごくりと息を呑《の》み、震《ふる》える肩《かた》を上げたまま私は真っ直《す》ぐ涼真を見つめる。

額には汗《あせ》もかきだしてきた。

もうこのまま緊張も汗と一緒《いっしょ》に流れてくれればいいのに、とそんなバカげた祈りをしてしまうほど、私は気分が昂《たかぶ》ってしまっている。

そんな状態で上手《うま》く言葉を伝えられるはずがなかった。

だから、私は勢いよくうしろにかくし持っていた手作りのお菓子《かし》が入ったラッピング袋を涼真に差し出した。


「さ、さっき隼介にもわたしてきたの」

「あぁ、また作ったの？　本当、好きだね。こういうの作るの」

「あげる……」

「俺の分？　それはどうもありがとう」

色々な種類を作ったお菓子が入っているラッピング袋を見つめて、涼真は一気に優しい瞳《ひとみ》の色になり、おだやかな声を出してくれる。

たとえ、おとなりに住んでいるお兄さんという立場でも、こうして私の好きなことを見守ってくれるこの人が、私はなによりも大好きなんだとあらためて心に刻まれていく。

窓のすぐそばに立っていた涼真は、ゆっくりとベランダに出てきて、私が震えた手で差し出していたラッピング袋を受け取ってくれた。


近づいた距離《きょり》の分、お互《たが》いの顔の表情もハッキリと見えてくる。

涼真は、さっき流した私の涙《なみだ》に多分気付いたのか、うるんだ私の瞳をまばたきせず見つめていた。

そして、私の目尻《めじり》に左手の人差し指でそっと触れたんだ。

触れられた部分から全身に熱が行きわたりそう……

「泣いたのか？」

それは心配そうな声で問いかけてくれた。

涼真に心配してもらえただけで、心は充分《じゅうぶん》な幸せでみたされてくる。

「ちょっとだけ……」

私がそう答えると、涼真は困惑《こんわく》した表情になった。

「なにがあった？」

涼真は不安を取りのぞいてくれるような、そんな優しい声で私の様子をうかがってくれる。

私はそれに答えるため、ラッピング袋をわたして手持ちぶさたになった自分の両手を胸の前で震えをごまかすようにギュッとにぎりしめ合った。


「さっき……隼介と話をしてきた」

その言葉を言うと、涼真の片《かた》まゆはピクッと動いた。

そして心配そうに見つめていた私から視線をそらし、涙が流れていた目尻に触れていた左手を離《はな》した。


「そう。それって昨日の告白の返事ってやつ？　俺にわざわざ報告に来てくれたんだ」

「あ、当たり前じゃない。だって、涼真にも関係があることなんだもの」

「俺が隼介の兄だから？　アイツももう高校生なんだから、誰《だれ》かと付き合うのに俺の承諾《しょうだく》なんて必要ないよ。もちろんアンタも」

「違《ちが》う……全然違う」

「だから、なにがって……わ、私は……その、えっと……！」

伝えたいことはたった一つの言葉なのに、それが出てこなくてめちゃくちゃになってしまっている。

そんな私を見て、涼真はますますいらだった表情になった。

「なにが」

「別に無理して言わなくていいけど。どうせ隼介から聞くことになるだろうから」

「そ、それじゃあ意味がない！」

「どうして？」

「どうしてって……だって……涼真はどうしてそんなふうに言うの？」

疑問がとうとう口から出てきてくれた。

涼真はどうして隼介のことになると私をつきはなすんだろう。

また大きな壁《かべ》を作られているみたいで、とても心細くて悲しい。

「だって、アンタはどうせ隼介と付き合うでしょ？」

「……えっ？」

「杏と隼介、俺に秘密で二人でデートに行くくらい仲がいいだろ。昨日の遊園地だって俺はいない方がよかったんじゃない？　俺がいなかった方が隼介もゴカイなんかしなくて、変な空気にならなかっただろうし」

ベランダの縁にほお杖《づえ》をつき、涼真は面倒《めんどう》そうに語る。

まさかここで隼介とのデートのことを言われるとは思わなかったから、開いた口がふさがらなかった。

「デート？　デートってあのサッカー観戦の時のこと？」

「それ以外にも行ってるのかよ」

「い、行ってないよ！　えっ？　なんで急にそんなこと言うの!?　今まで一言も言わなかったじゃん！」

「……別に、言う必要はないと思ったから。でも、やっぱり気になるんだよ」

「兄としてだけど」と、今度は涼真がめちゃくちゃなことを言い出した。

しかも、頰《ほお》の赤色がだんだんと顔中に広がっていき、完全に照れがかくせていない涼真の顔を見て、私もますます体温が上昇《じょうしょう》中だ。

「な、なにそれ！　気になるならいつでも聞いてくれればよかったじゃん！　涼真が言ったんだよ？　言わなければあとで絶対に後悔《こうかい》するからって！　だから私、頑張《がんば》って隼介にも涼真にも自分の気持ち、私なりの方法で伝えようと覚悟《かくご》を決めたのに……！」

「俺にも？」

私の言葉に不思議な顔をした涼真が反応する。

こんなに色んな顔を見せてくれる涼真は貴重なのかもしれない。

そして、どうかこれ以上いやな顔をされませんようにと強く願いながら、私は息を大きくすったあと、ベランダの縁《ふち》に両手を強くつかんで置き、真っ直ぐ涼真と向き合った。

「そ、そのお菓子の中身、隼介とは全然ちがうの！」

「へっ？　あっ……これ？」

突然《とつぜん》お菓子の話になり、涼真らしくないすっとぼけた声が聞こえてきた。

そしてその中身に視線を移してくれる。

「その……それね、それ……二人のことを考えて作ったの。隼介はサッカーボールのクッキーにしたの。いっぱい考えたけど、隼介にはやっぱりサッカーかなって。そ、それで……涼真には、私……私の想《おも》いをいっぱい詰《つ》めたいと思って……私の気持ちに気付いてほしくって、気付いたらそんな形のものばかり作ってたの！」

涼真は首をかたむけて透明《とうめい》のラッピング袋《ぶくろ》をジッと見る。

そして、目を見開き、とうとう私と同じくらいの熱がありそうな真っ赤な顔色になった。

私が涼真のことを思って作ったお菓子《かし》は、ミルクチョコレートやカカオ味のクッキー、それにマカロンショコラやチョコたっぷりのブラウニーなど、涼真が苦手だと言った甘いお菓子ばっかりだ。

それでも涼真が顔を赤くしたということは、きっと気付いてくれたと信じている。

だって、全《すべ》てハートの形をしているから、まるで今まであげていなかったバレンタインの本命のチョコを涼真のためだけにプレゼントしたみたいなものだもの。

少しの沈黙《ちんもく》があったあと、私は落ち着きを取り戻《もど》そうとまた深呼吸する。

そして言葉をまちがわないように、勢いをとめないように、強く心を持ち直した。

「さっき、ちゃんと隼介にことわってきた。隼介のことは友達以上には見られない。私、私は……す、好きな人がいるからって！」

「……っ！」


もう暗くなった空の下、部屋の明かりに照らされている涼真の赤い顔がハッキリと見える。

その顔を真っ直《す》ぐ視線を逃《のが》さず見つめ続ける私。

次の言葉を言おうとすると、涼真があわてて声を出した。

「私……！」

「ちょっと待て！」

「待てない！　私、涼真のことが！」

「待て、バカ！　俺が言う！」

「『好き！』だ」

「なの！　……えっ？」

「はぁ……」

今、何が起こったのか全く理解できず、ポカンと涼真に言われた通りバカみたいに口を開け、呆然《ぼうぜん》としている私。

そんな私を見て、涼真は盛大なため息をつき、ほお杖をついていた手で口をおおい、ななめ下を見て汗《あせ》をかきそうなくらい真っ赤になってつらそうに目を閉じていた。

「はっ？　えっ？　今、なにを言われたの？　えっ？　えっ？」

「……待てって言ったでしょ……。本当、アンタって人は……」

もう一度思い出せと言われても、かなりはげしく混乱中の私の頭の中は、ついさっき起こったできごともかんたんには思い出せない。

ただ、目の前の涼真を見るかぎり、いやな表情は全くしていなくて、それよりも恥ずかしく照れくさくてたまらないって感じ。

でも、にやける口元を押さえるのに必死なのか、手でおおって私に見せないようにしている。

そして、涼真は肩《かた》を落としてため息をつくと、まだ視線は泳がせたまま、私に向かってポツりとつぶやいた。

「こういうのは男から言いたかったのに」

「へっ……」

「だから、告白っていうの？　隼介も杏にちゃんと真剣《しんけん》に伝えたんだったら、俺もいつか伝えられたら……って思い始めたばかりだったのに。肝心《かんじん》のアンタが暴走したせいで全部だいなしだ」

口元をおおっていた手は、今度はオデコをおおい、涼真はため息をつく。

私は「告白」という決定的な言葉を告げられて、ようやく涼真が伝えてくれた言葉の意味を頭が理解し始めた。

「う、うそでしょ……」

震《ふる》えた声で問いかけると、涼真はフッと照れくさそうに笑い、うつむいていた体勢を元に戻した。

私はほほを両手でおおい、感動で今にも足元からくずれそうなくらいで立っているのがやっとという感じだ。

「い、いつから……私なんかを？」

全身が熱くて痙攣《けいれん》しているみたいに震えている。

本当、コレ、夢なんじゃないかって今でも信じられない……

そして涼真は一度空を見上げて考えてから、言葉を選ぶようにゆっくりと語り出した。

「最初は手のかかる下の妹ができたくらいなもんだったよ。でも……いつも、作ってくれるもんはうまいモンばっかで器用なのに、肝心の中身が不器用なアンタを見ていたら、ほうっておけなくって。それに、見返りを求めず人を気づかえる優《やさ》しい心を持っているんだから反則だよね、ホント」

気付かないうちに私は大粒《おおつぶ》の涙《なみだ》を流していた。

涼真が告げてくれる言葉を聞くたびに、ほほにあたたかい涙が伝っていく。

私が今まで精一杯《せいいっぱい》やってきたことが、ちゃんと涼真に伝わっていて、そしてそれが好きという気持ちに変わってくれていたことが本当に……本当にうれしかったんだ。

そして涼真はベランダから身を乗り出して、私との距離《きょり》をつめてきた。

観覧車の時みたいな近い距離で、私たちの顔は向かい合っている。

そして涼真は見たことがないくらい熱くうるんだ瞳《ひとみ》で私を見つめると、私にだけ聞こえるようにささやいた。

「好きだ。杏のことが好きだよ。おとなりさんじゃなくって、俺の彼女になってくれる？」

私の瞳からは涙腺《るいせん》が崩壊《ほうかい》したように次々と涙がこぼれて止まらなかった。

涼真の気持ちを表す決定的な言葉を告げてもらい、それが私と一緒《いっしょ》の想いだったことが私の体の中を一気に幸福感で満たしていく。

そんな私が答える返事は、一つしかなかった。

「うん……私も、私も涼真が好き……涼真の彼女になりたい。なりたいよぉ……」

子どもみたいに泣きじゃくる私を、涼真は軽く笑って頭をなでてくれる。

それはとてもうれしそうな笑い声で、私と同じように幸せに満たされた声だと思った。

私でも涼真にこんな想いを与《あた》えることができたんだと、実感できた瞬間《しゅんかん》だった。

そして私をなぐさめるように何度か頭をなでてくれた後、涼真はわたしたままだったお菓子のラッピング袋を開け始めた。

「せっかくだから食っていい？」

「あっ、でも苦手な甘いものばっかりだから無理しなくても……」

涼真は私が言い終わらない内に、手に取りやすい位置にあったハートのミルクチョコレートを取り出して、一口でほおばった。

すると眉間《みけん》にシワをよせ、片目をつむり、何度かかんでから食べ終えた。

「今まで食べた中で一番甘い」

「だって、めちゃくちゃ好きの気持ちを込めたもん」

人間、一度想《おも》いを告げると開き直れるのか、かんたんに言葉にできるみたい。

私が「好き」と伝えたら涼真はうれしそうに、でも恥《は》ずかしそうにほほを人差し指でかいた。

「まぁ、それなら食えるな。でも、こういうのはアンタのだけでいいや」

「あ、当たり前じゃない！　私以外の女の子の手作りなんて食べたら許さないから！」

「アンタが本気で怒《おこ》ったら般若《はんにゃ》みたいな顔になりそうだよね。でも、そんなこといちいち気にしていたら、俺の彼女はやっていけないよ？」

「くっ……いつもの嫌味《いやみ》な涼真に戻《もど》った……！」

よゆうな態度で嫌味を言う涼真が私の知っている涼真だ。

今までの甘い雰囲気《ふんいき》はすぐになくなり、私の感動の涙も引いてしまっている。

ほほをふくらませ、すねている私を見て涼真はクスッと笑うと私に向かって手招きをした。

「なに？」

「あーんして」

「あーん？」

言われるがまま、「あーん」と声に出して口を開けた。

その瞬間、涼真がさっき食べたものと同じ、ハートのミルクチョコレートを私の口の中に放《ほう》り込んだんだ！

「んぐっ！」

決して女の子らしくない声を出す私を見て、満面の笑《え》みを向ける涼真。

私は食べ慣れたチョコレートを食べる。

口の中は甘い甘いミルクチョコレートの味でいっぱいになり、そしてなぜ私はチョコレートを食べさせられたのかわけがわからなかった。

「どう？」

「どうって……。あ、甘くておいしいけど……」

「それはよかった。俺も好きの気持ちをいっぱい込めておいたから。これで一緒だね」

涼真に愛《いと》おしいものを見るようなほほえみでそう告げられ、私はあっという間に顔が熱くなる。

これが両想いというものなんだ……と、私はだんだんと自覚していく。

ゆっくりとうなずくと、涼真はもう一度私の頭の上に手を乗せた。

「これから彼氏彼女としてよろしくね」

「こ、こちらこそ……」

こうして、私たちはおとなりさんを卒業した瞬間を二人でむかえたんだ——

エピローグ

涼真とお付き合いを始めてから一か月がたった。

学校は夏休みに入り、私も夏休みを絶賛満喫《まんきつ》中だ。

そんな今日は、夏期講習に通っている涼真と久しぶりに二人っきりで遊びに行く約束をした。

だから、今日の私はいつもより女子度が格段に高く、朝から一生けんめい、髪《かみ》をコテで巻くことにチャレンジしたりしちゃってる。

「でも、うまくまとまらない……」

はぁ……とため息をついた時、となりの家から隼介の「行ってきまーす！」という元気な声が聞こえてきた。

隼介は毎日部活のサッカーで汗《あせ》を流し、今では一年生で唯一《ゆいいつ》のレギュラーとして活躍《かつやく》している。

連日、女子から差し入れだの、遊びのおさそいを受けたりとそっち方面も忙《いそが》しそう。

でも、本人はサッカーにしか夢中になれるものが今はないらしく、女の子たちの努力は水の泡《あわ》となっているみたい……と、真美からはいつも話は聞いている。

涼真に聞くと「隼介らしいんじゃない？ それより隼介の話はもういいよ」と話題に出してもいつもすぐに切り上げられちゃうから、たしかな情報はわからないのだけれど。

そして受験生の涼真はこの夏からが勝負！ と言っても過言ではなく、毎日遅《おそ》くまで勉強を頑張《がんば》っている。

昨日も日付がかわっても部屋の電気がついているのをベランダから見た。

彼女の私としては、そんなに無理をして体を壊《こわ》さないか心配だ。

そんなことを思っていると、スマホにワンコールが届いた。

これは付き合ってからの二人の一つのルールで、用があってベランダに出る時はスマホにワンコールすることになっている。

「用意はできてるよ」

涼真の名前が映ったスマホのディスプレイをながめながらひとり言をつぶやく。

そして私はテーブルに用意しておいたものを手に取り、ベランダに出た。

すると、眠《ねむ》そうなあくびをした涼真が寝《ね》ぼけた顔でベランダに立っていた。

こんな顔を見られるのもおとなりであり、彼女の特権だと思う。

「おはよー。昨日も遅くまで頑張ってたね。はい、これ」

「今、頑張らないとね。いつもありがとう」

両手をそえてわたしたのは、涼真の大好物ばかりをつめたお弁当と、甘くないデザートを入れたランチバッグ。

涼真に初めてお弁当をわたしたあの日のランチバッグは、今もこうして使われている。

「ところで今日、どこに行きたいか決めた？」

涼真が聞いてくれたのは、夕方から二人で出かける久しぶりのデートの行き先。

私は思いっきりの笑顔で応《こた》えた。

「じゃーん！　見て！　取れたの！　今日の日本代表戦のサッカーのチケット！　涼真、観《み》たがっていたでしょ？」

「えっ、マジで？　本当？」

眠そうな顔はサッカー日本代表戦のチケットを見せるとこれ以上ないくらい見開き、瞳《ひとみ》がキラキラとかがやき出した。

「本物？　これ……よく取れたね……」

「真美にも隼介にもいっぱい協力してもらっちゃった！　今度二人にもお礼を言ってね！」

「隼介も……？」

「うん、兄ちゃんのためなら！　って喜んで協力してくれたよ！　本当、隼介って涼真のことが大好きだよね」

その時のことを伝えると、涼真の瞳はさっきのキラキラとはまた違《ちが》う、優《やさ》しい色をした瞳になった。

そんな涼真を見ていると、私も満足感でいっぱいになる。

胸の中が幸せに満たされたところで、私は明るく涼真に声をかけた。

「これを楽しみに今日も頑張ってね！　昔、約束したサッカー観戦、一緒《いっしょ》に行こうね」

チケットを大切に抱《だ》きしめて、果たせた約束に体も心も高揚《こうよう》してくる。

そんな私に涼真は手招きをした。

「なに？」

涼真は前のめりになって私に近づいてきた。

「危ないよ！」

受験生がケガでもしたら大変！

いや、それより落ちるだなんて縁起《えんぎ》が悪い！　と顔から血の気が引いた時だった。

ほほに音を鳴らして触《ふ》れたなにかがある。

目をパチパチさせてしばらくその感触《かんしょく》を感じていると、それはゆっくりと離《はな》れていった。

「なんだ、てっきり杏だから女の子らしくない叫《さけ》び声でもあげるかと思ったのに。期待外れ」

「ふぇ……えぇぇぇぇ！」


やわらかく触れたものが涼真の唇《くちびる》だと気付いた時は、全《すべ》てが終わったあとだった。

滝《たき》のような汗をかいた私と、楽しそうに笑う涼真。

そして聞こえてくる声は「ありがとう」という素直《すなお》なお礼の言葉。

こんなやり取りをしながらも、おとなりさんを卒業した私たちは、これからもずっととなりのキミだけに恋《こい》をしていくのだろう。

彼の眩《まぶ》しい笑顔《えがお》を見ながら青空の下、私はそう感じていた——

あとがき

『となりのキミに恋したら』をお手に取り、読んでくださった皆様《みなさま》。ありがとうございます。著者のりぃです。角川ビーンズ文庫様では二作目となりますこのお話。楽しんで読んでもらえたらとても嬉《うれ》しいです。

おとなりに住んでいるクールな兄と無邪気《むじゃき》な弟に恋《こい》をされるというこの設定は、友人とカフェでお茶をしている時に話題に上がり、「これはいいかもしれない！」と勢いでプロットを作成しました。

そんな感じで始まった『となりのキミに恋したら』の執筆《しっぴつ》作業の間は、担当様にそれはたくさんお世話になりました。

いつも納得《なっとく》いくまで打ち合わせを重ねて頂き、感謝の気持ちでいっぱいです。

最初はもっとクールで口調も冷めたはずだった涼真《りょうま》は、面倒見《めんどうみ》が良くちょっと意地悪なお兄さんへと、それはそれはとっても魅力《みりょく》的に生まれ変わりました。

弟の隼介《しゅんすけ》なんて、最初は小学生並みのはしゃぎっぷりで言動も幼かったのに、改稿《かいこう》していくうちに年相応の爽《さわ》やかなスポーツマンへと変貌《へんぼう》を遂《と》げました。

杏《あん》ちゃんにいたっては、完璧《かんぺき》すぎて周りからは高嶺《たかね》の花《はな》と言われ、でも男嫌《ぎら》いで初恋もまだ……みたいな女の子だったのに、それがなんとも初々《ういうい》しくてかわいらしい女の子へと改まり、大好きなキャラクターになりました。

そんな三人が、立樹《たちき》まや様のもだえるくらい愛らしいイラストとなって表紙、作中でも描《えが》かれております。

もともと立樹様の大ファンだった私にとって、担当様からイラストは立樹様に描いてもらうことになったという連絡《れんらく》を頂いた時は、杏ちゃんのように大興奮して部屋の中でくるりと回転しちゃうくらい喜びました。

描き上がったキャラを見せてもらった時はあまりのかわいさにめちゃくちゃ感動しました！本当にこの三人を素敵《すてき》に描いて頂き、ありがとうございました！

最後に、いつもお世話になっておりますエブリスタ運営の皆様、角川ビーンズ文庫の担当様、全《すべ》ての関係者の皆様、そして最後まで読んでくださった皆様、本当に本当にありがとうございました！

また次回作でお会いできることを願いまして……。

これからも頑張《がんば》ります。ありがとうございました。

りぃ

BEANS BUNKO

「となりのキミに恋したら」の感想をお寄せください。
おたよりのあて先
〒102-8078　東京都千代田区富士見1-8-19
株式会社KADOKAWA　角川ビーンズ文庫編集部気付
「りぃ」先生・「立樹まや」先生
また、編集部へのご意見ご希望は、同じ住所で「ビーンズ文庫編集部」
までお寄せください。

となりのキミに恋《こい》したら

りぃ

角川ビーンズ文庫　BB705-2　20809

平成30年3月1日　初版発行

発行者――――三坂泰二
発　行――――株式会社KADOKAWA
〒102-8177　東京都千代田区富士見2-13-3
電話 0570-002-301（ナビダイヤル）
印刷所――――暁印刷　製本所――――BBC
装幀者――――micro fish

ISBN978-4-04-106683-6 C0193　定価はカバーに表示してあります。

昨日「好き」って言ってくれたキミは、いったい誰？
切ない初恋ストーリー！
秋吉理帆
昨日のアイツ、今日の君。
昨日のアイツ、今日の君。
Kinou no aitsu kyou no kimi
感動！恋したい！の声ぞくぞく！
秋吉理帆×藤原ゆかが贈る
泣きキュン♥ラブ！
運命の彼は、キミですか？
秋吉理帆
運命の彼は、キミですか？
本当のキミを知って、きっともっと好きになる。
泣けるピュアストーリー！

切なすぎる
ラストに
泣きキュン!
油《ゆ》木《き》栞《しおり》
イラスト●雨宮《あまみや》うり
待ち合わせは理科室で
Machiawase wa
Rikashitsu de
らくがきが結ぶ、はじめての恋──
苦手な理科の授業中に理緒が見つけたひそかな楽しみ
──それは、"K"という男子との机でのらくがき交換。
"K"候補、サッカー部の桐生君と近づく中、大嫌いな
はずだった理科教師、榎本先生とのキョリも急接近!?

●角川ビーンズ文庫●

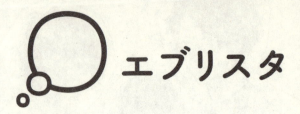